O imperador da Ursa Maior

Carlos Eduardo Novaes

Ilustradora: Lúcia Brandão

O texto ficcional desta obra é o mesmo das edições anteriores

O imperador da Ursa Maior

DIRETOR EDITORIAL · Fernando Paixão
EDITORA · Gabriela Dias
EDITOR ASSISTENTE · Fabricio Waltrick
APOIO DE REDAÇÃO · Pólen Editorial e Kelly Mayumi Ishida
COORDENADORA DE REVISÃO · Ivany Picasso Batista
REVISORA · Camila Zanon

ARTE
CAPA · Exata
PROJETO GRÁFICO · Tecnopop
EDITORA · Cintia Maria da Silva
EDITORAÇÃO ELETRÔNICA · Zin Pan e Exata

CIP-BRASIL. CATALOGAÇÃO NA FONTE
SINDICATO NACIONAL DOS EDITORES DE LIVROS · RJ

N815i
3.ed.

Novaes, Carlos Eduardo, 1940-
O imperador da Ursa Maior / Carlos Eduardo Novaes ; ilustrações Lúcia Brandão. – 3.ed. - São Paulo : Ática, 2006
240p. : il. - (Sinal Aberto)

Apêndice
Inclui bibliografia
Contém suplemento de leitura
ISBN 978-85-08-10660-8

1. Violência - Literatura infantojuvenil.
2. Igualdade - Literatura infantojuvenil. I. Brandão, Lúcia, 1959-. II. Título. III. Série.

06-3019. CDD 028.5
CDU 087.5

ISBN 978 85 08 10660-8 (aluno)
CL: 735393
CAE: 210561

2023
3ª edição, 10ª impressão
Impressão e acabamento: HRosa Gráfica e Editora

Avenida das Nações Unidas, 7221
Pinheiros – São Paulo – SP – CEP 05425-902
Atendimento ao cliente: (0XX11) 4003-3061
atendimento@aticascipione.com.br
www.coletivoleitor.com.br

Classe social × amizade

Julinho é um jovem de **classe média alta**, e seu pai é dono de uma próspera fábrica de colchões. Miquimba é um **garoto que mora nas ruas**, que disputa restos no lixo e briga por melhor espaço na calçada com mendigos, loucos e outros sem-teto. Os destinos deles se cruzam quando Julinho é assaltado por Miquimba, que leva seu par de tênis importado. Mais uma cena comum de cidade grande, se não fosse o desfecho inesperado do caso: os dois adolescentes se tornam amigos.

Mas é possível nascer uma **amizade** pura e forte entre um jovem rico e um garoto de rua? As afinidades que descobrem entre si serão suficientes para vencer o **abismo social**, econômico e cultural que os separa? Julinho percebe muitas qualidades no novo amigo — que tem uma relação muito forte com as estrelas, cujos nomes sabe de cor —, porém depara com todo tipo de **preconceito** e hostilidade ao tentar mostrar que Miquimba, apesar da sua condição, merece respeito e consideração.

Com sensibilidade e afiado senso crítico, Carlos Eduardo Novaes explora as **fronteiras** entre os **dois mundos** nesta história envolvente. No fim do livro, você poderá saber um pouco mais sobre o autor em uma entrevista exclusiva.

Não perca!

- *Duas realidades diferentes, separadas pelo abismo da desigualdade social.*
- *A história de uma amizade que supera preconceitos.*

Agradecimentos:

Márcia Julião, delegada de polícia
Órmis Durval Rossi, astrônomo
Fernando Vieira, astrônomo
Marcomede Rangel Nunes, escritor e astrônomo
Walter Tainha, pescador
Maria Lúcia Kamache, ex-diretora do Centro Municipal de Atendimento Social Integrado (CEMASI) Ayrton Senna

Quem não conheço é meu inimigo.

Mário Miquimba

1

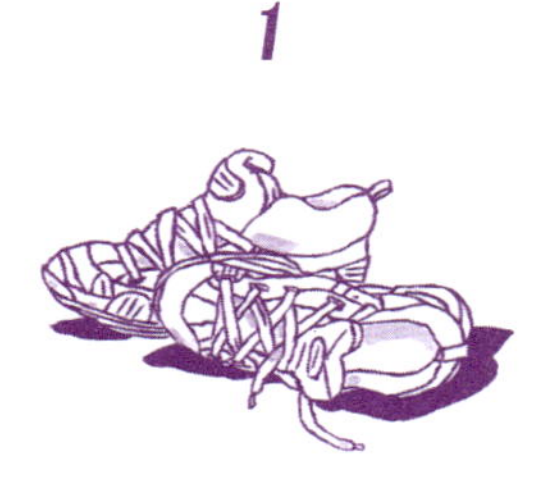

Julinho chegou da aula de jiu-jítsu, subiu direto à cobertura do apartamento duplex e parou a uma curta distância dos pais, sentados à mesinha junto à piscina iluminada. A noite abafada convidara o pai a um mergulho após a jornada de trabalho, a que se seguia uma refeição ligeira na companhia da mãe. O garoto vestia a roupa de todos os dias — boné com aba para atrás, camisetão, mochila, calças folgadas —, mas um observador atento logo perceberia que lhe faltava algo: os calçados.

Vera não o via desde o café da manhã e perguntou, roendo uma asa de frango, como fora seu dia. "Quase normal", respondeu o garoto, usando de uma fina ironia que passou despercebida.

— Quer comer alguma coisa, filho?

— Tô sem fome, mãe. Matei um sanduba na rua.

Alberto, enrolado num roupão branco, afastou os dentes da coxinha segura entre as mãos e repreendeu-o:

— Não seria mais adequado dizer "comi um sanduíche"?

— Tô sem apetite, mãe — repetiu. — Ingeri um sanduíche na via urbana.

Julinho provocava o pai, que mal desviou o olhar do prato à sua chegada. A provocação dissimulada era uma das táticas preferidas de guerrilha familiar no confronto não declarado com Alberto, em constante desacordo sobre sua forma de viver e pensar o mundo.

O garoto permanecia ali, imóvel, expondo-se como um manequim de vitrine e nem Vera nem Alberto percebiam seus pés descalços. Entre dentadas e comentários tão triviais quanto o repasto a mãe anunciou uma surpresa, mas antes que pudesse dizê-la o filho agitou os dedos do pé acenando para sua desatenção.

— Você está sem sapatos, filho! Que houve?

Julinho esboçou um sorriso sarcástico, agradecendo enfim pela observação, fixou o polegar esquerdo na palma da mão direita e girou os dedos no clássico gesto que significa "roubo". Vera pulou da cadeira:

— Meu Deus! Você foi assaltado!

— De novo? — reagiu o pai largando o osso e chupando os dedos.

— Foi agora? Como? Onde? Fala! Diz!

— O pivete me abordou ali na ciclovia da Lagoa e com uma faca nas mãos mandou que eu tirasse o tênis.

— Tênis? Aquele tênis que eu trouxe dos Estados Unidos mês passado? — assombrou-se o pai. — Que custou uma fortuna...?

O garoto concordou com a cabeça, sem dizer palavra, sem alargar os gestos, represando emoção. Era o terceiro assalto que sofria e, para quem acabara de ver o brilho de uma lâmina espetando-lhe as costelas, demonstrava uma tranquilidade irritante. Talvez por entender que os assaltos são parte da rotina da vida. Talvez por desconhecer o preço de um tênis Platinum, de série limitada.

Vera correu-lhe as mãos pelo rosto, meio carinho, meio inspeção:

— Você se machucou?

— Por que não deu um golpe no moleque? — interveio o pai.

— Como você diz um absurdo desses, Alberto?

— É pra isso que ele aprende jiu-jítsu!

— O ladrão estava armado. Você não ouviu?

— Então ele devia ter corrido!

— Podia ser pior.

— Um galalau desses, maior que eu, o pivete não iria alcançá-lo.

— Numa situação dessas é melhor obedecer sem reagir.

Julinho tornava-se espectador da sua própria cena. Enquanto os pais discutiam o melhor comportamento a seguir diante de um assaltante empunhando uma arma branca, ele revia seu algoz na telinha da imaginação. Uma visão parcial, encoberta pelas sombras da noite que não lhe permitiam distinguir outros traços além dos olhos verdes e a cara de lua cheia. O garoto já o percebera antes, no mesmo local, sempre sozinho, a olhar o céu, distraído demais para infundir temor aos passantes. Desta vez, o mulato alto e magro como Julinho fazia-se acompanhar por um bando de meninos maltrapilhos que, bem mais baixos, lembravam jogadores de um time infantil à volta de um treinador adulto. O garoto surpreendeu-se com a abordagem, é fato, mas muito mais com o comportamento do assaltante que parecia ensinar aos pirralhos o modo correto de praticar um assalto.

— E vai ficar por isso mesmo? — a voz de Alberto adquiriu um tom de afronta.

Julinho respondeu com um leve movimento de ombros murmurando por entre os dentes: "Deixa pra lá, pai". Foi a centelha que faltava para Alberto pôr sua raiva em movimento:

— Deixa pra lá? Você fala assim porque o dinheiro não sai do seu bolso. É por isso que a violência não diminui. Ninguém dá queixa. Ninguém faz nada. Todo mundo deixa pra lá! Eu não vou deixar! — e repetiu escandindo as sílabas: — Não vou deixar!

O garoto ouviu-o impassível, sem autoridade para contestá-lo, mas Vera reagiu chamando o marido à razão:

— Alberto! Você não vai sair por aí feito um maluco por causa de um par de tênis!

— Podia ser um grampo! — esbravejou. — De hoje em diante vou atrás do que é meu, seja lá o que for. Não aguento mais ser saqueado por essa bandidagem. Já foi carro, relógio, bolsa, rádio...

Alberto ajeitou-se na cadeira e assumindo ares de delegado de polícia espetou o dedo indicador na mesa perguntando ao filho em que ponto da ciclovia exatamente ocorreu o assalto. Julinho preferiu baixar os olhos e continuar em silêncio que ele conhecia muito bem o temperamento do pai e não queria vê-lo envolvido em mais violência. Alberto aguardou a resposta e sem obtê-la ergueu-se impetuoso:

— Muito bem! Você não diz mas eu vou descobrir. Vou à Polícia, à Interpol, ao Exército, onde for preciso, mas vou trazer esse tênis de volta ou não me chamo Alberto Calmon! De agora em diante vai ser na lei do cão!

Amarrou a cinta do roupão, enfiou os pés na sandália e afastou-se decidido, carregando seu prato cheio de ossos de galinha.

•

A surpresa proclamada pela mãe revelou-se por conta própria. Logo que Alberto desapareceu pela escada ouviu-se o fragmento de uma ária vindo dos aposentos do andar de baixo. Vera estendeu o braço na direção da voz.

— Reconhece a soprano?

— Vó?!? — o garoto iluminou-se e disparou ao encontro de sua avó, sua querida avó a quem não via havia cinco anos.

A velha saudou-o abrindo os braços — Julinho, *figlio mio*! — E ele, curvando-se, enlaçou-a num prolongado abraço de infinitas saudades. Nem sentiu, quando ela, desequilibrada, pisou-lhe os pés descalços.

O amor do garoto pela avó desdobrava-se muito além de um sentimento de família. Resultava de uma mistura de afetos, identificação, encantamento e nem seria de acrescentar que tal ligação fortalecera-se no dia a dia da convivência: ao longo de sua curta existência Julinho não esteve com ela mais vezes do que diante dos assaltantes. Suas intermináveis histórias, porém, contadas e recontadas nas reuniões familiares, desde que o garoto nasceu, engrandeceram-na na imaginação dele, convertendo-a numa espécie de lenda viva, ela, Elizabeth Ferrucci de batismo, Lili Ferrucci de profissão ou simplesmente Lili em família, que voltava da Itália após enterrar o quinto marido.

— Mamãe disse que você ia chegar semana que vem.

A passagem estava marcada, a viagem anunciada, mas Lili era uma imprevisível como toda prima-dona, aposentada que seja. Confirmou a missa de sétimo dia, largou os papéis do finado nas mãos de um advogado amigo e embarcou no primeiro avião justificando que "Perúgia sem meu Vitório não faz sentido". Baixou a cabeça contrita mas reagiu em seguida empinando o rosto, teatral, e puxando pelo neto:

— Vamos falar da vida, antes que a morte se lembre de mim, *figlio*. Do amor, da alegria, da juventude! Fale-me de você! Já marcou o casamento?

Julinho sorriu ao ver confirmado tudo o que se contava sobre a velha: ela dizia o que lhe vinha na cabeça.

— Ainda vou fazer 17 anos, vó!

— E daí? Eu tinha 16 anos quando botei véu e grinalda pela primeira vez!

Lili casou-se com um maestro trinta anos mais velho, que a iniciou no canto lírico e provocou uma crise na família Ferrucci. Menos pela diferença de idade entre eles do que pela determinação de Lili em seguir a vida artística em tempos que o palco era tido como espaço profano. Quando o maestro bateu as batutas, Lili, ainda jovem, deixou-se vencer pelas pressões e trocou o belo canto pelas prendas domésticas: uniu-se a um rico fazendeiro baiano que não conseguiu plantá-la no campo. Depois de dois filhos — Alberto e Sônia — e oito anos de união, Lili apaixonou-se perdidamente por um tenor italiano, largou tudo e se mandou com ele para a Europa. Retomou seu sonho, fez carreira a partir de Bayreuth, ganhou fama como soprano wagneriana — sua Sieglinde de *A valquíria* era incomparável —, reconciliou-se com os filhos, casou mais três vezes, perdeu fortunas nos cassinos, nas paixões, deixou o palco aclamada e passou a ensinar canto. Não pretende, como muitas outras, escrever sua biografia.

— Se contasse tudo, iria provocar uma terceira guerra mundial!

O garoto ficava fascinado com os comentários da avó, impregnados de liberdade e rebeldia, uma combinação que lhe parecia inacessível, a ele que resumia suas transgressões a uma aba de boné às avessas. A velha perguntou se havia ao menos uma senhoria a ocupar-lhe o coração que para ela a vida sem amor "é como um jardim zoológico sem animais". Julinho se disse sozinho.

— Mas tenho uma grande paixão, vó!

— Quero conhecê-la!

— Ela nem sabe que existo — respondeu lamentoso.

A velha soltou uma sonora gargalhada:

— Você está apaixonado só de olhar? É bem neto da sua avó!

Julinho envaideceu-se, honrado com a semelhança, e Lili, no embalo da risada, abriu o peito e cantou um trecho da ópera *Carmem*, que deve ter varado os ouvidos da vizinhança. Era impressionante o vigor e o colorido de sua voz, ajustada à expressão dramática e à harmonia de gestos e postura. Usava salto alto, pisava firme e até bem pouco tempo deixava a todos boquiabertos ao transpor a perna por cima do espaldar da cadeira. Lili aproximava-se dos 80 anos, mas a índole indomável, a vitalidade mental, a alegria de viver enfim, somadas a uma dezena de plásticas que — mexericos de família — sumiram-lhe com o umbigo, faziam dela uma mulher sem idade.

Quis saber mais do neto. Alberto dissera que Julinho iria cursar administração para assumir a direção da fábrica, como herdeiro natural. O garoto porém não tinha sequer cacoete de empresário, faltavam-lhe liderança, capacidade de comunicação, espírito empreendedor e acima de tudo sentido de equipe. Era filho único, cresceu virado para dentro, dialogando com seus botões, o que lhe deu densidade interior, mas reduziu-o a um cavaleiro solitário indiferente a turmas e tribos. Lili lembra-se do neto aos 5 anos pedindo-lhe um irmãozinho da Itália. Aos 9 anos o garoto queria porque queria que a mãe adotasse o filho da passadeira, parceiro dileto das brincadeiras domésticas. A solidão porém perseverou como única companheira, Julinho acostumou-se com ela e os dois juntos encaminharam seus projetos para uma atividade singular.

— Gostaria de fazer uma escola de artes, vó. Não posso embarcar nos planos de papai. Quero ser igual a você que desafiou meio mundo para realizar seus sonhos.

A velha puxou um longo suspiro e revirou os olhos como que recordando seus embates.

— Isso tem um preço, *figlio*. Tá disposto a pagar?

— Pode ser com cheque pré-datado?

O senso de humor do garoto não ficava devendo ao da velha, nisso eram parecidos. Lili deu um soco no ar e gritou como um general às suas tropas:

— Vá em frente! Persiga seus sonhos, *figlio*. Corra atrás de suas verdades! O homem pobre não é aquele sem dinheiro, mas o que não tem sonhos!

Julinho olhou para os pés descalços e por alguma razão pensou no tênis, apenas um calçado para ele, talvez um pequeno sonho para o pivete. Estranho pensamento.

2

— Aqui está seu tênis!

Alberto fez questão de almoçar em casa, contrariando seus hábitos, para alardear o troféu à família. Balançou-os pelos cordões por alguns segundos e jogou-os em cima da mesa, sob o olhar estupefato da mulher, da mãe e do filho. Em seguida entronizou-se na cabeceira e com o peito inflado de orgulho sentenciou:

— Agora vai ser assim! — e pontuou a frase com um murro na toalha que desceu sobre os dentes do garfo, atirando-o longe. — Vou buscar o que é meu nem que seja no inferno!

Vera retirou o tênis sujo da mesa, assumindo a expressão de nojo de quem pega um gato morto pelo rabo e passou-o ao filho que segurou um pé em cada mão e observou-os com atenção.

— Pode examinar — disse o pai, seguro da façanha.

Era mesmo o tênis roubado. Um pouco mais castigado, é verdade, pelos três dias que deve ter rodado ininterrupto nos pés do assaltante, mas não havia dúvida de que se tratava do tênis de Julinho, um tênis modernoso que mais lembrava um calçado de astronauta, produzido por uma pequena fábrica de Chicago e somente encontrado nos Estados Unidos e no Canadá. O garoto largou-o no chão, sem entusiasmo, e lançou a pergunta que dançava na cabeça de todos:

— Como conseguiu recuperá-lo, pai?

— Digamos que para um bom detetive uma única pista basta.

— Você foi atrás do pivete?

— Tenho mais o que fazer na vida, Vera! — respondeu evasivo.

Alberto não tocara mais no assunto desde a noite do assalto, mas ninguém o imaginou esquecido, que ele era um homem de determinação férrea, desses movidos a persistência. Não fosse assim não teria se casado com Vera que, ao se conhecerem, passou dois anos lhe dizendo "não!". Nem teria transformado sua fábrica de colchões, que adquiriu falida e desativada, na maior do Estado. Alberto era o que se poderia chamar de "osso duro de roer" e degustava sua vitória, comendo triunfal, esquivando-se das perguntas com a perícia de um toureiro.

— Vai contar ou não vai? — Vera deu um ultimato.

— Digamos que contratei um Sherlock tupiniquim para fazer o serviço — reagiu entre sério e jocoso.

— Onde ele pegou o assaltante? — a velha quis saber.

— Bem, mãe, o criminoso sempre volta ao local do crime — pontificou abrindo um largo sorriso.

Alberto saía pela tangente, driblando as perguntas. Preferia receber a admiração geral por ter levado a cabo com sucesso uma empreitada de alto risco. Como, porém, os elogios não chegaram, sentiu-se desobrigado das respostas. Ou talvez preferisse assim.

•

Julinho dispensou a carona do pai e decidiu seguir de ônibus — sem o tênis que a mãe resolveu desinfetar — para o curso de inglês. Considerando-se que nas sociedades competitivas a adolescência tornou-se uma fase de investimento familiar, o garoto depois prosseguiria para a aula particular de matemática, em seguida para a academia de jiu-jítsu, dando graças a Deus por não ter que encarar sua fonoaudióloga. "Tudo um saco!"

De todas as atividades que lhe enchiam as horas, entregava-se com prazer apenas às aulas de desenho, uma ocupação que buscou por conta própria, incompreensível aos olhos do pai. Como também não era dia de exercitar sua vocação, o garoto abandonou o tatame mais cedo e foi espreitar sua paixão na pracinha do Jardim Botânico, uma paquera meio maluca — reconhecia — que se arrastava havia dois meses, platônica e contemplativa.

Julinho sabia exatamente a hora — com precisão de minutos, talvez — que a menina atravessava a praça de volta da sua aula de dança. Sentava-se no banco, sempre o mesmo banco, que lhe oferecia o melhor ângulo, e permanecia em tensão crescente até o momento em que ela despontava na esquina, quando seu corpo estremecia sem controle e ele se perdia na afetação. Fazia poses, abria um livro, fingia desenhar, exibia-se reflexivo, e ela passava, e ele torcia para que ela avançasse lenta como um trem de carga, e ela passava ligeira feito uma gazela e seguia olhando reto e ele a admirava e não acontecia nada, absolutamente. Aqueles miseráveis minutinhos no entanto funcionavam como um combustível a abastecer a paixão e alimentar suas fantasias.

O garoto a viu pela primeira vez dentro de uma papelaria na galeria próxima à pracinha. Ao girar no balcão para se dirigir ao caixa, distraído, deu uma trombada na menina que deixou cair sua sacola de compras. Pediu desculpas, sem notá-la, abaixou-se cortês e seus olhos deram de cara com os pés dela, expostos numa sandália de tiras, frescos, delicados, dedos proporcionais, um mindinho comportado e alinhado com os demais, unhas tratadas e definidas, pés que lhe pareceram esculpidos à mão.

Tateou pelo chão, apanhou a sacola e foi-se pondo ereto lentamente para que seus olhos pudessem passear pelas curvas que se seguiam àquela base formidável. Percebeu-lhe o tornozelo consistente, as pernas carnosas, o arco perfeito dos quadris, os seios empinados, um pescoço esguio e nobre, até chegar ao fim da linha onde um rosto lúcido e sorridente o aguardava para agradecer e bater em retirada conduzindo a irmãzinha pela mão. Não havia nela nenhum atributo especial que merecesse inscrevê-la num concurso de miss, mas alguma coisa revolveu as entranhas do garoto fazendo-o experimentar uma sensação única e desconhecida. Inexplicável essa emoção que desce feito um relâmpago a despertar desejos e interesses por imagens vazias, sem alma, sem cérebro. Julinho permaneceu paralisado, olhando para o espaço deixado pela menina.

Ao decidir ir atrás dela, a vendedora o deteve para pagar a compra e apanhar seu material de desenho esquecido sobre o balcão. Julinho ainda correu pela galeria a tempo de ver o andar altivo da menina dobrando a esquina, mas ao chegar à pracinha ela e a irmã já haviam se dissolvido no ar. O segurança bancário não sabia informar, o empalhador muito menos; o garoto sentou-se num banco, atordoado, e pôde ouvir claramente a voz do seu coração descompassado declarar solene: estou apaixonado!

Para Julinho, estar apaixonado por uma figura feminina desconhecida significava pensar nela várias vezes ao dia, e se possível fixá-la, em partes ou no todo, no papel. Seu rosto, seus seios, seus pezinhos no entanto nem sempre encontravam-no de lápis em punho; surgiam imagens fracionadas em momentos improváveis e o garoto se rendia, deixando-se levar pela correnteza das lembranças repetitivas e silenciosas.

Julinho voltou a sondar a área, da praça à galeria, tal um batedor atrás de pegadas e, apesar da completa ausência de vestígios, não desistia da busca. Não podia deixar escapar alguém que disparara o alarme do seu coração. Desistir talvez significasse nunca mais voltar a vê-la e renunciar em definitivo a esse arrebatamento especial que toca as pessoas com a frequência de um grande prêmio da loteria. O garoto lembra uma das histórias que ouvia sobre sua avó: um espectador no camarote da Ópera de Budapeste encantou-a de tal forma que ao final do espetáculo ela mandou chamá-lo a seu camarim e disse-lhe: "Você não pode me alcançar na medula e depois sumir da minha vida como se nada tivesse acontecido". O espectador tornou-se o terceiro marido de Lili. Para o garoto a menina não era igual às outras, a nenhuma outra em que tenha pousado seu olhar atento e sensível. Lembrando dela chegava a pensar em predestinação.

Acabou recompensado pela insistência. Uma tarde, dentro do ônibus, viu-a concluindo a travessia da pracinha, uma visão efêmera, quase um cometa, suficiente porém para sugerir-lhe uma pista. Nas tardes seguintes, à mesma hora, acomodou-se no banco e esperou, como um dever de ofício. Aconteceu então que no décimo dia, vigilante como um farol, girou a cabeça e percebeu as luzes da menina a uns trinta metros, navegando na sua direção.

Julinho sentiu a borboleta batendo asas no peito, o ar tornou-se rarefeito, teve ímpetos de gritar da gávea de seu coração: amor à vista!, mas a timidez deu-lhe uma chave de braço imobilizando-o no banco e só lhe restou esperar que a menina o reconhecesse da colisão na papelaria. Reuniu seus cacos de coragem e quando a menina avizinhou-se olhou-a com um pálido sorriso, congelado pela indiferença: ela passou direto, como se passa por desconhecidos, a revelar que o abalroamento na loja não lhe causara nenhuma mossa nas emoções. O garoto seguiu-a com o olhar vencido, vendo-a desaparecer no prédio cinza defronte à praça.

Um adolescente atirado não perderia a chance de abordagem. Teria pronta a pergunta para pular no convés da menina que cruzou a um palmo do banco: lembra-se de mim na papelaria? Julinho no entanto pertencia a outra linhagem, sua timidez o sufocava, emudecia, empurrava-o para trás, impedindo-o sempre de mover a primeira pedra. Apavorava-lhe a possibilidade de dizer besteira, levar um toco, ouvir um "não, não lembro", que ele não tinha estrutura para sacudir a poeira e voltar à carga. Desenvolvia porém argumentos seguros para se justificar diante de sua passividade: fora apenas confirmar o trajeto da menina para elaborar um plano de conquista. Por vários dias pensou e repensou suas estratégias sem ousar pular do pensamento à ação.

Durante algum tempo a menina prosseguiu sendo uma paixão inominada. Até que num show de rock Julinho pôde finalmente escrever o nome dela no cabeçalho de suas fantasias. No tumulto natural da entrada vislumbrou-a ao longe, cercada de amigas, coincidência atribuída ao destino que o levou, na última hora, a comparecer ao espetáculo com a turma do colégio. Haveria alguém no seu grupo capaz de identificar aquela jovem de cabelos negros?

— De colante vermelho? — perguntou Flávia, namorada de um coleguinha.

— Essa! Conhece?

— Foi minha colega no primeiro grau.

— Sabe se ela... ela tem namorado?

— Posso perguntar — e ameaçou ir à outra.

— Não, não, não! — Julinho a conteve. — Só quero saber o nome dela.

— Laura. Laura Maria Cunha Bueno.

Na enciclopédia o garoto encontrou uma Laura, paixão do poeta Petrarca, que a amou desde a primeira vez que a viu, numa missa, sem nunca ter sido correspondido. Não era uma referência animadora.

•

Naquela tarde Julinho sentou-se no banco da praça estranhando os próprios pés enfiados num par de sapatos.

Deixou de tentar adivinhar os recursos do pai para recuperar o tênis, cumprimentou o empalhador e os seguranças bancários, figurantes de sua vigília sentimental, e desandou a chamar a menina pelo nome, interiormente, na esperança de estabelecer contato telepático. Conferiu o relógio e verificando que se adiantara resolveu beber um refrigerante no barzinho. Ao cruzar a banca de revistas teve sua atenção despertada para o título de um desses jornais sanguinários: "Espancado por um tênis!"

O garoto curvou-se remexendo as páginas de dentro e encontrou a foto da cabeça redonda do seu assaltante: a tarja negra a lhe cobrir os olhos não escondia o rosto desfigurado. No texto, o nome do autor da agressão: Buck, o segurança da fábrica do pai.

De olhos pregados na notícia, Julinho nem percebeu a passagem da sua bem-amada.

3

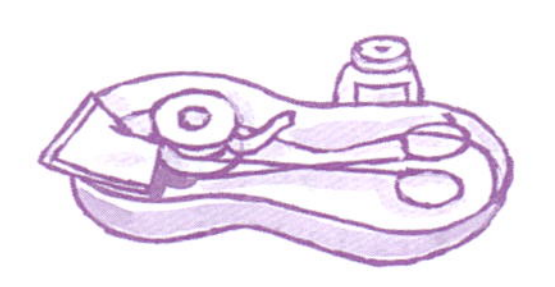

Julinho saiu cedo para a escola, como fazia todos os dias. No ponto de ônibus, porém, despediu-se dos colegas que embarcavam com ele e pegou outra linha na direção do centro da cidade. Desceu junto ao terminal da estação ferroviária e, seguindo a orientação do porteiro do seu prédio, tomou o 457 que o deixou na porta do hospital.

Entrou sem ser importunado, em meio a funcionários, visitantes, pacientes deitados pelos corredores, gente à procura de emergência, uma balbúrdia generalizada. Acompanhando as placas chegou à enfermaria coletiva. Havia um odor fétido no ar, mixórdia de sangue, éter, urina que logo embrulhou o estômago do garoto, chocado com as condições sub-humanas daquele hospital público de subúrbio.

Julinho havia visto cenas semelhantes na televisão a denunciar a falência do sistema de saúde. A telinha contudo ainda não exala cheiros e como nela as imagens se sucedem niveladas, numa velocidade vertiginosa, as emoções não têm tempo de amadurecer. Aquela realidade, percebia, estampava-se muito mais deprimente do que qualquer reportagem de TV.

O garoto caminhou vagaroso entre os leitos de doentes e feridos, revirando o pescoço à procura do rosto brutalizado que vira no jornal. Parou diante dele e ficou observando a enfermeira trocar o curativo da região malar que, inchada, fechava-lhe o olho esquerdo. Havia um "galo" e um corte na testa, uma ferida na orelha esquerda, o nariz túmido, o canto da boca arroxeado e uma trilha de pontos mal costurados embaixo do queixo. Por sob o lençol roto e manchado com certeza haveria mais estragos.

O paciente percebeu Julinho e encarou-o com o olho disponível; o garoto manteve o olhar e ambos permaneceram se medindo até a enfermeira se afastar apressada. O mulato tomou a iniciativa, balbuciando com dificuldade:

— Eu te manjo... de algum lugar.

— É... a gente se conhece — admitiu o garoto sem mais dizer.

Julinho não precisou pensar muito para resolver procurar o ladrão de seu tênis, mas agora diante dele sentia-se surpreso e embaraçado ao constatar — vendo-o de perto, à luz do dia — que apesar da altura não passava de um menino imberbe. Podia ser seu colega de turma na escola.

— Vai ficar aí paradão me sacando? Qualé a tua, cara?

— A gente se conhece — repetiu —, você me assaltou...

O pivete desviou a vista de Julinho e resmungou, cheio de dores:

— Ah mermão! Corta essa!

O garoto contou do assalto, local, dia e hora e o mulato virou-se de lado fingindo desinteresse.

— Tô lembrado não. Mas se tu veio buscar o teu se ferrou que eu tô a perigo. — E perguntou desafiador: — Que foi que eu arrastei?

Quando Julinho disse "um par de tênis", o pivete girou rápido e esquecendo os ferimentos sentou-se na cama fuzilando o garoto com o olho direito:

— Então foi você que mandou aquele gorila me quebrar, seu filho da puta! — retesou mais o corpo e rosnou de dedo em riste: — Se manda daqui antes que eu te cubra de porrada.

Julinho permaneceu estático, sem mover um dedo, observando seu desafeto, um bicho ferido, batido e ofegante, espumando de ódio. As dores jogaram o mulato de volta à posição horizontal e o garoto aproveitou para explicar que não teve nada a ver com o espancamento. O tênis é meu, disse, a violência não!

— Que porra de papo é esse?

Era evidente a confusão na cabeça do mulato que certamente jamais recebera a visita de um assaltado. Desconfiado até a alma, manteve-se numa postura de contida agressividade e perguntou insolente quem era o gorila que o quebrou todo.

— O segurança da fábrica do velho.

— Ah! Quer dizer que você é filhinho de bacana! — comentou debochado. — E onde fica a fábrica do papai?

— Na entrada da via Dutra, uma fábrica de colchões... — o garoto parou de repente. — Pra que você quer saber?

O pivete ajeitou-se na cama à procura de mais conforto e voltou a cuspir fogo:

— Porque eu vou à forra, malandro! Vou meter chumbo naquele cara que ele vai virar uma peneira.

Julinho desprezou a reação do outro que parecia querer impressionar, meio fanfarrão, meio presepeiro, mostrar-se um valente vingador. Creditou a promessa de morte a um justo desabafo pelos danos sofridos, mas ainda assim meneou a cabeça reprovando as intenções de vingança:

— Isso só vai piorar as coisas pra você.

— Caguei! Pior do que tá não pode ficar. Ou você acha que tô numa boa aqui nesse chiqueiro?

— Posso dar um toque no velho. A gente transfere você para um hospital particular.

Julinho falava de coração. Em nenhum momento fora tomado por qualquer tipo de rancor ou revolta, sentimentos que dizia desconhecer e às vezes o deixavam desconfiado de que tinha "um parafuso a menos na cabeça", como afirmava seu pai. Julinho sentia pena de todo mundo, e se já o incomodava aquele vulto solitário e esfarrapado vagando pela lagoa a olhar o céu, muito mais depois de percebê-lo um garoto igual a ele, arrebentado sobre a cama de uma enfermaria de guerra. Responsabilizar-se pelo tratamento era o mínimo que seu pai poderia fazer depois de quase matá-lo — Buck não usaria tais métodos por iniciativa própria — para reaver um par de tênis. O mulato relaxou diante da oferta e tornou a procurar posição, contraindo o rosto:

— Quero não. Deixa que me viro sozinho. Sempre me virei. Vou pirulitar daqui rapidinho...

— Onde você mora?

— Eu? Eu moro na rua! — o mulato se soltou, abrindo os braços, descarado. — Em todas as ruas! Minha casa é a cidade. Meu teto é o céu! Minhas luzes, as estrelas!

Apresentou suas credenciais: um menino de rua. A forma exaltada e poética como expressou sua condição quase levou Julinho a deixar de lado sua natural tendência à comiseração para imaginar que dormir nas calçadas era uma decisão pessoal. Deveria considerar o endereço, sem CEP, nem número, mais uma fanfarronice descabida ou aquele mulato tinha mesmo algo de especial? Esticou o braço e entregou uma sacola de supermercado ao pivete que enfiou a mão dentro e trouxe um pé do tênis roubado.

— Pra mim? Por que pra mim? — perguntou desconfiado.

— Você tá querendo ele mais do que eu.

— Tu tá armando alguma... qualé a armação, cara?

— Se não quer, devolve...

O garoto estendeu o braço novamente para pegar a sacola de volta e o mulato afastou-a de seu alcance. Retirou o outro tênis, limpou uma sujeirinha com o dedo salivado, admirou-os e pela primeira vez esboçou um sorriso.

— Sabe que tu é um cara legal, Magrão?

Não foi um gesto de altruísmo isolado. No seu breve currículo de adolescente o garoto acumulara rasgos surpreendentes de generosidade; quando presenteou o filho da passadeira com muitos de seus brinquedos, o filho do porteiro com livros didáticos e material escolar e um colega de turma, bolsista, com seu time (reserva) de futebol de botão. Julinho era um caso raro de se ver: filho único sem sentimento de posse. Levou a mão ao mulato:

— Meu nome é Júlio, mas pode me chamar de Julinho.

— O meu é Mário, mas pode me chamar de Miquimba — respondeu o outro, encaixando o cumprimento.

Começava aí uma amizade impossível.

•

Uma sensação de dignidade embarcou com o garoto no ônibus de volta. Se na viagem de ida as incertezas sinalizavam a cada ponto, passado o encontro, não lhe restaram dúvidas sobre o acerto de sua expedição solitária. O calçado não pagaria o preço das pancadas, mas serviu para amenizar a dor do mulato. Ele não tem nem para comprar um cadarço, pensava Julinho, enquanto eu posso dispor de quantos tênis quiser. Uma intuição de justiça se sobrepunha ao inconformismo diante daquela violência desproporcional, uma violência que partiu de sua própria casa.

O garoto havia evitado o pai na noite em que lera no jornal sobre a surra, refugiando-se no quarto e pondo-se a desenhar compulsivamente, como fazia quando algo abalava a relação dos dois. Sabia porém que em algum momento teria Alberto pela frente, uma antevisão que o deixava inquieto ali no ônibus. Sempre foi perturbador para Julinho dialogar com a impetuosidade do pai que o fazia tremer nas bases — frágeis por natureza — ao primeiro olhar de repreensão. Preferia mil vezes encarar um ladrão de tênis a ter que enfrentar Alberto em uma discussão séria e emocional.

Espanou as preocupações e pensou em Laura. Tudo que queria era descer na pracinha, subir ao prédio cinza, correr aos braços da menina e contar-lhe em primeira mão da experiência que acabara de vivenciar. Laura se encheria de admiração por seu gesto desprendido e solidário ou — sorriu pensativo — iria tachá-lo de doido varrido. Na falta de Laura, atirou-se no colo da avó que já o percebera esquivo na véspera e acolheu-o com naturalidade.

— Qual o problema, *figlio*?

Julinho apontou-lhe a reportagem no jornal. A velha percorreu a página sem entender, até o garoto identificar o autor do espancamento. Isso é um absurdo!, indignou-se ela, prometendo falar com Alberto assim que ele chegasse em casa. Julinho não queria tanto.

— Deixa, vó. Fica fora dessa...

O chocalhar metálico de um chaveiro emudeceu o garoto. Era um hábito com que Alberto anunciava sua chegada do trabalho, e Julinho e Lili aguardaram-no cruzar o corredor. O empresário no entanto, vendo-os, parou na porta do quarto para comentar das reclamações dos vizinhos, segundo o porteiro, com a cantoria desenfreada da mãe.

— Então precisamos trocar os vizinhos — reagiu a velha de mau humor —, na Itália eles pediam bis!

Alberto bateu palmas, brincalhão. A família media os altos e baixos da fábrica pelo humor com que ele aportava em casa e na certa tivera um dia de excelentes negócios porque mostrava-se particularmente feliz.

— Filho, nem parece que moramos na mesma casa. Tem dois dias que não lhe vejo!

Julinho baixou os olhos evitando fitar o pai:

— É... estamos desencontrados.

— Completamente desencontrados — enfatizou Lili carregada de segundas intenções.

— Deixou de usar o tênis?

A pergunta bateu tal qual um coice. O filho não podia imaginar que o pai, tão pouco ligado em suas coisas, fosse atentar para o detalhe do vestuário. No mais das vezes, as manifestações explícitas do interesse de Alberto pelo garoto restringiam-se aos progressos na escola ou à clássica pergunta a Vera — "o que ele tem?" — quando Julinho saía dos padrões de sua rotina doméstica. De resto, preenchia todos os cheques necessários ao lazer e à educação do filho sem interrogações, convicto de que sua assinatura continha uma prova definitiva de amor e carinho.

— Estou dando um tempo, pai — mentiu.

— É bom mesmo, filho. Para desentranhar o mau cheiro.

Abriu-se um silêncio indiferente, Alberto retirou-se ávido por um banho e enquanto um aroma de temperos recendia pela casa prenunciando o jantar, Julinho narrou à avó sua epopeia suburbana. Ao final Lili deu-lhe um beijo na testa em sinal de aprovação, abriu os pulmões e cantou para os vizinhos um trecho da ópera *O franco-atirador*, de Weber. Julinho riu pelo inesperado e a velha prometeu-lhe um novo par de tênis.

— Vou ligar para o Pavarotti em Nova York. Ele está no Metropolitan. — E diante do espanto do neto acrescentou: — Tenho-o como um filho. Ele estreou no palco comigo no Teatro Reggio Emília. Falo com ele ou com Armindo, seu secretário. Me dá as especificações.

O jantar saiu mais tarde que de costume aguardando por Vera que, dona de uma loja de presentes, atrasou-se envolvida com uma lista de casamento. Julinho procurou ser o Julinho de todas as refeições, mas a comida não desceu, entalada na expectativa do confronto com o pai.

O bom humor de Alberto, que não resistiu à demora de Vera, deteriorou-se mais ainda quando ela abandonou a mesa para assistir a um capítulo da novela que não podia perder. Lili, também fora de seu habitual, retirou-se sem abrir a boca, e pai e filho ficaram a sós esperando o cafezinho. Serviram-se em silêncio, giraram as colherzinhas em silêncio, sorveram o primeiro gole em silêncio e o garoto quebrou o silêncio:

— Pai, diz ao Buck para ele se cuidar.

Alberto pousou a xícara sobre o pires e lançou um olhar inquiridor ao filho:

— De que você está falando?

Julinho tanto podia mostrar o recorte do jornal, como prosseguir bordejando o assunto. Já que o pai em seu movimento inicial fizera-se de desentendido, o garoto achou mais prudente não apertá-lo e optou pela segunda hipótese.

— Nada, é que, bem... sei que foi o Buck quem recuperou o tênis.

O pai devolveu a xícara antes que lhe tocasse os lábios e tornou a olhar para o filho, perscrutador, à procura de algum indício de que Julinho soubesse também dos meios utilizados pelo segurança para reaver o tênis. Seu primeiro impulso foi perguntar como soubera, mas, calejado pelas reuniões de negócios, conteve-se preocupado que a resposta do garoto botasse lenha numa fogueira que gostaria de ver apagada. Assim, preferiu dar por entendido que ambos sabiam do que falavam e seguiu o curso cauteloso do comentário do filho sem mais perguntas.

— Ele já foi policial. Saberá se cuidar — e concluiu o gole do café.

— Mas avisa — insistiu Julinho. — Ele foi longe demais.

O garoto não deixaria passar a oportunidade de dar uma estocada no pai, expondo, do seu jeito manso e sutil, os excessos do segurança. Alberto pigarreou disfarçando o desconforto.

— Amanhã na fábrica vou preveni-lo para dobrar a guarda.

Não foi preciso. De madrugada o celular de Alberto tocou na cabeceira: seu gerente de Pessoal comunicava que Buck fora encontrado morto na mala do carro numa viela de Belford Roxo, município da Baixada.

4

Julinho fez questão de comparecer ao funeral. Não guardava nenhuma afeição pelo segurança da fábrica, a quem mal conhecia, mas considerava um absurdo revoltante que alguém perdesse a vida por um par de tênis.

Postado ao lado do pai, a cabeça do garoto rodopiava à procura de respostas precisas. Tremia só de pensar na eventualidade de Miquimba ter cumprido sua promessa; por outro lado, Buck havia sido policial, antes de servir a Alberto, e morava na Baixada, indicações suficientes para fazer dele um candidato a cadáver barato.

Caía uma chuva fina, acinzentando e entristecendo o dia que parecia sob medida para combinar com as despedidas deste mundo. O garoto seguia o movimento das poucas pessoas presentes mantendo o olhar curioso de quem comparece pela primeira vez a uma cerimônia fúnebre. Ele e Alberto, escoltados por alguns executivos engravatados, formavam um grupo à parte, aparentemente deslocado naquele modesto cemitério municipal. Na outra margem da cova apenas o pai de Buck, as duas irmãs e um punhado de vizinhos. Sobre o caixão uma coroa de flores atravessada por uma faixa com uma inscrição de macabra ironia: "Ao nosso querido e inestimável Buck, as saudades dos colegas da fábrica de colchões Durma Bem".

Alberto mantinha a expressão de abatimento própria dessas ocasiões, escondendo suas olheiras por trás dos óculos escuros. Não voltara a dormir desde que a notícia da morte do segurança perfurou seu sono, levando-o a experimentar as mais variadas emoções. Primeiro o choque, depois a dor, a seguir a raiva pela violência, mais à frente a sensação de impotência e afinal, ao concluir que não havia nada a fazer, a mobilização para as providências práticas. Avisou ao gerente de Pessoal que as despesas correriam por conta da empresa. Informado sobre a demora na expedição do laudo cadavérico, não pensou duas vezes em traficar influência. Ligou para o presidente da Federação das Indústrias — como já o fizera para livrar Buck do flagrante de espancamento — pedindo que chamasse o secretário de Segurança e este acionasse o diretor do Instituto Médico Legal solicitando pressa na liberação do corpo. Antes de sair para o enterro telefonou à delegacia, interessado em saber se haviam apanhado o assassino.

— As investigações estão em curso, doutor — respondeu o delegado burocraticamente.

Os coveiros concluíram seu trabalho e o pai de Buck, pastor de uma igrejinha de bairro, despediu-se do filho com mais um texto bíblico, antes de silenciar de vez. Alberto foi a ele dizer que seus advogados iriam providenciar uma "morte em serviço" para que a família fosse contemplada com a fração do seguro em grupo feito pela fábrica.

— Avisarei quando estiver tudo pronto — arrematou, afastando-se certo de que amenizara seu sentimento de culpa.

O motorista abriu a porta do carro e antes que o empresário pudesse entrar o pastor aproximou-se:

— Doutor Alberto, a família dispensa o seguro — o empresário estranhou a recusa à sua generosa oferta. — Meu filho não tem direito. Ele não morreu em serviço.

— Mas se pudermos considerar assim...

— Não podemos, doutor Alberto. Sair atrás do ladrão do tênis do seu filho não fazia parte das obrigações do meu filho na fábrica.

— Mas... mas — Alberto não sabia o que dizer.

— Lembre-se de que o Senhor Deus é justo e ama a Justiça e seu rosto está voltado para os retos e sua alma aborrece o ímpio e o que escolhe a violência!

O pastor citara duas passagens dos Salmos. Ele, que se aproximou com humildade, crescia tornando-se mais contundente e emocional enquanto Alberto, ao contrário, encolhia embaraçado.

— Foi só um favor que pedi a ele...

— Um favor que acabou por lhe custar a vida. Meu filho não queria, ele me disse que não queria voltar às ações policiais, mas não tinha como lhe negar o pedido. Se o senhor quer saber o que penso, meu filho foi morto por sua causa!

Acossado e responsabilizado sem meias palavras, Alberto debateu-se em legítima defesa e para isso não hesitou em contrariar suas convicções:

— Momentinho, pastor, o senhor está se precipitando. Essa é uma acusação muito grave. Ainda não se sabe das razões do crime.

— O senhor pode não saber, a polícia pode não saber, mas Deus sabe, doutor. Como sabe também que este crime permanecerá impune por todos os séculos, mas, se assim for — exaltou-se —, o Senhor te fará rolar, como se faz rolar uma bola em terra larga e espaçosa e ali morrerás e ali acabarão os carros de tua glória... Isaías, capítulo 22, versículo 18.

Alberto sentiu a maldição atravessar-lhe a carne. O pastor deu meia-volta, afastando-se amparado pelas filhas, o empresário entrou no carro e Julinho, que a tudo ouvira do assento traseiro, experimentou pela primeira vez um sentimento de compaixão pelo pai.

— Vamos para a fábrica, doutor? — indagou o motorista.

— Vamos para a delegacia. Sabe onde fica a 54ª DP?

O Mercedes partiu carregando um silêncio cheio de significados. Observando os dois, pai e filho, desabados no banco, qualquer um diria que haviam terminado de enterrar um ente muito querido. Julinho espremia as mãos entre os joelhos, um bloco de emoções e nervos contraídos; Alberto, rosto voltado para fora, mantinha o olhar fixo em algum ponto do seu interior. Sem se mover perguntou:

— Você comentou alguma coisa com sua mãe?

— Sobre?

— Sobre esse episódio. — O garoto respondeu um "não" seco e o pai colocou sua versão. — Não falei a ela sobre o tênis. Disse apenas que a polícia está procurando o autor do crime.

— E não está?

— É o que vamos saber agora. Mas para mim foi aquele moleque safado que assaltou você.

Julinho custava a crer no envolvimento de Miquimba, embora reconhecesse que sua avaliação encontrava-se prejudicada pelo aperto de mão no hospital. Perguntou ao pai:

— O que faz você pensar que foi ele?

— A impossibilidade de pensar de outra maneira.

— Buck não precisava ser tão violento.

Alberto enfim mexeu-se no assento e disse:

— Com essa gente tem que ser assim!

O motorista parou na porta da delegacia e Alberto mandou levar Julinho em casa, que o ambiente policial não era próprio para jovens de família. O garoto, porém, passou por cima da advertência:

— Algum dia, pai, todos comparecem a uma delegacia.

Foi descer do carro e Alberto mudar. Aquela figura amaldiçoada e fragilizada a um canto do assento deu lugar ao empresário bem-sucedido, pisando firme, seguro de si e de seu lugar no mundo. O delegado recebeu-os na sua sala encardida e entulhada, com um café que devia estar naquela garrafa térmica desde que Caim matou Abel.

— A copeira não veio hoje — desculpou-se ao ver as caretas de Alberto e Julinho após o gole, e pediu a alguém que pegasse um café novo no bar "para o doutor aqui".

As investigações não tinham avançado. Havia excesso de trabalho na delegacia, falta de homens, armas antiquadas, carros quebrados e o delegado não recebera nenhum telefonema de seus superiores pedindo prioridade para o caso.

— Estou com duas turmas na rua, mas o senhor sabe, aqui tudo é difícil — explicava-se o policial. — O local onde o corpo do rapaz foi encontrado é área de desova, ninguém abre a boca e isso dificulta as investigações. Ninguém viu nada, ninguém ouviu nada, ninguém sabe de nada, não há testemunhas... esse pessoal não colabora.

Alberto não esperava ouvir nada diferente. Considerava mesmo surpreendente que a marginalidade ainda não tivesse tomado a cidade inteira de assalto, tal a precariedade de meios das forças de segurança.

— Então vou ajudá-los — ironizou. — Vocês já tentaram localizar o bandido que roubou o tênis do meu filho?

— O jornal dizia que ele está internado no Rocha Couto.

— E o senhor mandou alguém lá?

— Não pode ter sido ele.

— Pois eu lhe digo que foi ele!

— Queira perdoar, doutor, mas desse negócio eu entendo. Aquilo foi trabalho de uma quadrilha.

— E quem garante que a quadrilha não é dele?

O delegado esboçou um sorriso descrente e Julinho, que até ali se limitara a ouvir, interveio:

— Pai, você acha que se ele tivesse uma quadrilha ia ficar roubando tênis na Lagoa?

Alberto irritou-se com a ponderação do filho, a reforçar o ponto de vista do policial, e reagiu ríspido:

— Julinho, essa é uma conversa entre adultos. Não se meta!

Uma advertência velha conhecida do garoto. Sempre que lhe faltavam argumentos Alberto impunha-se apelando para a imaturidade do filho. O delegado prosseguiu nas explicações:

— O corpo do seu segurança tinha oito perfurações de três armas diferentes. Havia, no mínimo, três meliantes.

— E cadê eles?

— Se soubéssemos, doutor, já teríamos prendido.

O doutor dava sinais de impaciência:

— Escuta, vocês têm que ir ao hospital prender aquele bandido. Ele está implicado. Tenho certeza!

O delegado amassou mais um cigarro no cinzeiro:

— Deixa uma das viaturas chegar e...

— Não senhor — Alberto atropelou-o. — Nós vamos lá agora ou vou ligar para o gabinete do secretário de Segurança e pedir que faça isso!

Alberto pressentiu que era preciso endurecer e entrar no velho jogo de influências para que o delegado soubesse com quem estava falando e tirasse o rabo da cadeira, como de fato tirou:

— Vou ligar para o delegado da 35ª DP — disse de pé. — O hospital fica na circunscrição dele.

— E avise-o para levar todos os homens disponíveis que o bandido é de alta periculosidade.

O policial não podia acreditar no que ouvia: um pivete todo quebrado em cima de uma cama ser qualificado de "alta periculosidade". Montado nos seus dezenove anos de experiência, o delegado farejou a presença de outros interesses por baixo do caso. "Tá na cara que o doutor aí precisa de um culpado urgentemente" — e acrescentou com uma ponta de cinismo:

— Vou avisar a imprensa escrita, falada e televisada!

— Ótimo! — exclamou Alberto com o pensamento fixo no pastor.

•

A polícia nas suas movimentações às vezes é tão discreta quanto uma girafa num galinheiro, de modo que pouco adiantou as viaturas estacionarem ao largo do hospital. Logo instalou-se uma boataria infernal que crescia à chegada de cada carro da imprensa escrita, falada e televisada. Era de conhecimento geral que a polícia estava atrás de um perigoso assassino, mas nem os policiais da 35ª DP, nem o choque da PM, nem os jornalistas e muito menos o pessoal do hospital sabiam de quem se tratava. Foi preciso aguardar a chegada de Alberto e do delegado da 54ª para que o comando da operação obtivesse alguma informação sobre o criminoso, ainda assim sem conhecer-lhe o nome. No jornal, Mário Miquimba, por ser menor, teve a identidade preservada e na delegacia que registrou o espancamento a folha de ocorrência havia desaparecido.

— Tudo que sabemos — afirmou o delegado da 54ª — é que o nome dele começa por "M".

— Já é uma pista — zombou o delegado da 35ª —, pelo menos podemos eliminar as outras 22 letras do alfabeto.

Alberto, os dois delegados e o capitão da PM confabulavam protegidos por policiais que mantinham jornalistas e curiosos à distância. Proibido de sair do carro pelo pai — "pode haver tiroteio" —, Julinho observava também de longe a reunião dos quatro, impressionado com o efetivo policial convocado para prender um pobre pivete. As imagens do mulato gemendo de dor desenrolaram na lembrança do garoto e avançaram na direção do que poderia vir a acontecer: Miquimba deixando o hospital algemado com seu tênis no pé! O foco da imaginação deslocou-se para o pai reconhecendo o calçado e Julinho sentiu-se tão perturbado pelas consequências que preferiu desmanchar o pensamento.

Os policiais se espalharam por pontos estratégicos e os quatro comandantes-em-chefe marcharam unidos e resolutos para o interior do hospital sem dar entrevistas, sem falar aos circunstantes. O garoto viu-os desaparecer porta adentro seguidos por uma tropa armada e apurou os ouvidos na expectativa de ouvir algum estampido.

A espera engrossou a quantidade de curiosos e obrigou os guardas, do lado de fora, a formar um corredor que terminava nos fotógrafos aguardando o criminoso surgir nos braços fortes da lei. Formara-se o cenário ideal para Alberto, que no dia seguinte iria esfregar na cara do pastor os jornais populares, mostrando-lhe que o crime não ficou impune e pedindo-lhe que retirasse, por bênção, aquela imprecação bíblica de Isaías que o deixou atordoado.

Não demorou muito e o delegado da 35ª reapareceu, seguido pelo delegado da 54ª, mais o oficial da PM, os demais policiais e atrás de todos Alberto, cabisbaixo. Julinho, que deixara o carro para aguardar o pai na saída, perguntou pelo mulato.

— O safado fugiu ontem à noite.

O garoto viu-se forçado a admitir que Miquimba cumprira a promessa. Mesmo assim, na sua confusão de sentimentos, surpreendeu-se satisfeito com o fracasso das operações.

5

Nada mais do que 48 horas foram necessárias para que a morte de Buck deixasse de ser manchete na vida da família Calmon que retornou ao leito da normalidade sem sobressaltos aparentes. Todos voltaram a dizer seus textos e a cumprir suas rotinas, como se o desaparecimento do segurança tivesse sido parte de um romance policial que nenhum deles se dispôs a ler até o fim.

Voltar à rotina, no entanto, não significava retomá-la de seu ponto de ruptura. A ninguém que atravesse um túnel de experiências tão intensas é possível sair do outro lado com o mesmo formato. Aqueles dias atípicos, pontuados por assalto, violência e morte, produziram sequelas e conduziram transformações — algumas ainda imperceptíveis — no interior dos homens da casa, Julinho à frente.

O garoto reintegrou-se ao seu universo juvenil mas a cabeça continuava como um cão vadio vagando pelos sentidos, do cheiro do hospital ao gosto do café na delegacia, da visão da máscara mortuária do segurança ao contato com a mão do mulato. Num único dia, dois professores chamaram-lhe a atenção por observá-lo a dezenas de quilômetros da sala de aula. Foram tantas as sensações que o garoto provou, tantas as observações que colheu, que às vezes imaginava ter entrado na pele de outra pessoa.

À exceção do assalto, o resto que se seguiu invadiu sua vida pela porta da novidade. Jamais havia posto os pés numa delegacia, num cemitério, num hospital de subúrbio; nunca tinha visto uma pessoa morta; nem de longe pensara em vir a conversar com um assaltante, muito menos participar de uma operação policial. Contabilizando tudo, concluiu que nada o deixara mais à flor da pele do que o encontro com Mário Miquimba.

— Talvez — disse-lhe a avó — por ter sido este o único momento construído pela sua decisão pessoal.

Quanto a Alberto, visto à superfície, nada lhe tocou. Sua atividade empresarial ensinara-lhe a controlar as emoções — "o capital não tem coração", costumava afirmar. Sabia se fechar, quando queria, trancafiar seus sentimentos, muito mais quando não havia do que se vangloriar. A vitória inicial — a recuperação do tênis — acabou por se transformar em um penoso calvário onde não lhe faltaram maldições e acusações de assassino.

Na versão oficial para as mulheres da casa, Alberto contou com o silêncio do filho e costeou a verdade, omitindo o que a seu juízo deveria ser omitido e inventando onde não cabia descrever a realidade. Sobre a morte de Buck disse o mínimo, informando que a polícia suspeitava de que ele fora vítima, por engano, de uma "queima de arquivo". Precavido e pragmático, deixou de ligar para a delegacia, desinteressou-se pela caça ao criminoso, procurou esquecer as palavras do profeta Isaías e assim, sossegando a família e acomodando a consciência, botou um ponto final nesse episódio.

•

Julinho estava de volta a seu posto de observação. Instalou-se no banco e girou os olhos para conferir se tudo permanecia em seus lugares. A frenética sequência de acontecimentos provocava-lhe a sensação de que passara um mês sem ver Laura. Reconheceu os seguranças da área, o empalhador da esquina e ao estender o olhar para o prédio cinza avistou em uma das varandas a menininha que bem poderia ser a irmã de sua amada. Ela estivera a um palmo do seu nariz na papelaria e Julinho com certeza se lembraria, caso o esplendor de Laura não tivesse obscurecido tudo à volta. Para tirar a dúvida, perguntou por Laura e ouviu aliviado que ela não estava, porque se a irmãzinha dissesse "momentinho, vou chamá-la", o garoto, sem saber o que dizer, sairia às carreiras. Não pretendia mais do que confirmar o apartamento, dado que lhe faltava para completar o endereço de sua paixão.

Julinho acenou à menininha e caminhou decidido, como se o aguardasse uma agenda de compromissos a cumprir. Foi até a banca de jornal e retornou a seu posto, percorrendo as páginas à cata de alguma notícia sobre a prisão de Miquimba. Na virada das folhas levantava os olhos para o ponto de onde surgiria Laura, que logo brotou do chão exibindo uma expressão de desgaste físico, sua displicente elegância, suas meias de dança, seu andar gracioso e apressado. Julinho enfiou a cara entre as páginas.

Rápido pensou que se Laura o visse com aquele pasquim sanguinário nas mãos (ainda se fosse o *New York Times*!) poderia desmerecê-lo, julgando-o um office-boy desempregado. Num gesto afobado tentou dobrar o jornal e atrapalhou-se, enrolando-se com as folhas em desordem enquanto a menina mais uma vez cruzava o banco ignorando seu ocupante. Uma cena constrangedora para quem pretendia se esmerar nas melhores poses à passagem da bem-amada. Fez uma bola de papel do jornal e chutou-a raivoso.

O garoto estava convencido de que crescera, que avançara algumas "casas" no jogo da experiência, após os últimos acontecimentos, incomuns na vida de adolescentes da sua faixa social. Constatava, porém, decepcionado, que em relação a Laura continuava o babaca de sempre. Ele não admitia que um cara intrépido o suficiente para ir atrás de seu próprio assaltante — todo quebrado, é verdade — não conseguisse articular um minguado "oi" à menina dos seus sonhos. Na sua ingenuidade juvenil desconhecia que a timidez diante do sexo oposto não tem idade nem qualquer conexão com o destemor frente ao mundo. De qualquer modo reconfortava-se lembrando que o Super-Homem também não era um exemplo de audácia no seu namoro com Lois Lane.

Julinho permaneceu se odiando mais alguns minutos e ao erguer-se para bater em retirada elevou o olhar na direção do prédio cinza. Na varanda do quarto andar a irmãzinha apontava-o para Laura que, flagrada por ele, recuou ligeiro, mas não adiantou: o bem já estava feito. Naquela fração de segundo subiu-lhe um calor pelo corpo, o calor da certeza de que Laura afinal tomava conhecimento de sua existência.

•

O garoto abriu a porta do quarto da avó num gesto largo:

— Ela me viu, vó! Ela me viu!

A velha assustando-se fechou o livro e perguntou no mesmo tom:

— Ela quem, *figlio*? Ela quem?

— Laura! Agora ela sabe que existo!

Lili não pensou duas vezes em brindar o momento e cantou o dueto dos jovens amantes da ópera *Falstaff* de Verdi enquanto o garoto caminhava elétrico de um lado para o outro. Ainda podia sentir o olhar de Laura batendo em sua testa, atordoando-o, um olhar de quem vê, nota, divisa, percebe, registra, muito diferente daqueles olhos opacos que ela lhe apontou por dever de educação na papelaria.

— Da próxima vez ela não vai poder me ignorar.

— Sim, mas você também não vai poder vê-la passar sem dizer nada — emendou a avó.

Julinho parou de estalo. Não havia pensado nessa hipótese que lhe exigiria uma mudança de comportamento no seu posto, não mais apenas de observação. A partir dos segundos em que os olhares se encontraram, nada mais poderá ser como antes. A velha continuou:

— Ou você vai à pracinha preparado para falar com ela ou é melhor ficar em casa!

— Até porque ela vai me conferir. Ela pode se dirigir a mim — acrescentou, já dentro do raciocínio de Lili.

— E você tem que estar na ponta da língua!

O garoto imaginou a cena: Laura passando, cumprimentando-o, e ele somente retribuindo a saudação pregado no banco, um babacão, sem encontrar palavras para tocar a conversa.

— Fico frio só de pensar em me dirigir a ela, vó — e botou a mão gélida sobre o braço da velha.

— *Amor me cruccia e mi sta a tormentar* — disse ela, uma frase de *I Pagliaci*.

— A voz não vai sair, vó!

— Então escreva-lhe. Escreva-lhe uma carta. Meu Vitório me conquistou através de cartas.

A velha contou que ele era "feito você" e lançou-se ao expediente epistolar por se considerar um completo idiota para verbalizar seu interesse. São insuportáveis as pressões que desabam em cima de um espírito tímido na hora do "dirigir-se a ela" pessoalmente. Já a carta se faz no recolhimento, com tempo para refletir sobre o que dizer e serenidade para escolher cada palavra, cada frase, sem ameaças de interrupções, interferências, improvisações e da perturbadora presença do objeto do desejo.

— E ela vai ler até o fim, *figlio* — concluiu a velha —, porque nenhuma mulher resiste à leitura de uma carta de amor.

O garoto ouviu-a, absorvendo a ideia num estado de crescente entusiasmo, como se a carta fosse a cura anunciada para todas as dificuldades de expor seu coração. A velha terminou de falar e Julinho pulou sobre ela, beijando-a:

— Vó! Você é um gênio!

— Use papel de qualidade — recomendou ela. — Isso também conta!

Julinho deixou o quarto disposto a correr à papelaria para comprar papel e envelope e, de quebra, buscar inspiração no local onde viu Laura pela primeira vez. No corredor sua ação foi interrompida pelo telefone. Atendeu e ouviu:

— Magrão?

Miquimba! Aquela voz áspera e reticente só poderia ser dele que ninguém mais o chamava assim. Após um instante de silêncio para o pensamento mudar de canal perguntou:

— Onde você está, cara?

— Num orelhão em Madureira. Preciso levar um papo com você!

— Não dá pra ser amanhã?

— Amanhã posso estar debaixo da terra.

O garoto chegou sem contratempos, levando algum algodão e mercurocromo, pedidos pelo mulato. O motorista do táxi conhecia bem o lugar e sem saber dos objetivos do passageiro comentou que os meninos sobreviventes da chacina da Candelária se abrigavam debaixo daquele viaduto. O "debaixo" foi fundamental para a orientação de Julinho.

Miquimba encontrava-se recostado na parede coberta de grafites, sobre folhas de papelão que lhe serviam de cama. Julinho levou um tapa na cara daquela paisagem miserável onde meia dúzia de meninos de rua se movimentavam feito bichos entre restos de comida, cobertores baratos, latas de cola e brasas fumegantes de uma fogueira recém-extinta. Todos menores e mais novos do que Miquimba, todos indiferentes à presença do garoto, como se ele fosse um velho conhecido da "família".

Uma pivetinha que cuidava dos ferimentos do mulato estendeu o braço sem abrir a boca e Julinho entregou-lhe o pacote da farmácia. Abraçado a um cobertor, Miquimba fez um gesto dispensando a menina, que não teria mais de 12 anos, puxou uma folha de papelão para seu lado e bateu com a mão sobre ela convidando o garoto a sentar.

— Tu tá na maior bronca comigo, tá não, mermão? — Julinho não reagiu. — Aposto que tu tá pensando que fui eu que apaguei o gorila.

— Ou você ou alguém sob suas ordens — disse sem emoção.

— Pois errou, meu camarada. Aquele cara devia ter o rabo preso que alguém chegou na minha frente.

— É difícil acreditar...

— Pode crer, cara. Não sou "121". Nunca saquei um ferro, nunca detonei ninguém. — Chegou mais perto de Julinho e baixou a voz. — Mas isso eu tô batendo só pra você, que é sangue bom. Pra galera já apaguei seis!

O garoto estranhou aquele raciocínio que vinha do outro lado do mundo:

— Você fala como se matar fosse motivo de orgulho!

— Aqui é, malandro! Aqui você tem que meter bronca, gastar uma onda de sinistro, que quanto mais tu apronta, mais eles te respeitam.

Uma lógica inusitada aos ouvidos de um representante da civilização cristã. Julinho porém logo compreendeu o sentido do raciocínio naquela selva onde prevalecia a lei do mais forte. Miquimba tinha que rugir e rugir alto para se manter vivo.

— Vacilou, dançou, Magrão!

— A polícia ainda está atrás de você?

— A polícia tá sempre na minha cola. Pelo que fiz e pelo que não fiz.

O mulato repetiu mais uma vez que não havia feito nada ao segurança e Julinho se lembrou do cerco ao hospital. Perto daquele reduto infecto, a enfermaria que o deixou enauseado era um hotel cinco-estrelas. Levantou-se num impulso: não queria permanecer ali, já ouvira a confissão de Miquimba e não queria permanecer de jeito nenhum que seus sentidos reagiam aos insultos da miséria. Queria retornar ao seu território, ao asseio da papelaria, às paredes brancas de seu quarto e escrever à bem-amada usando papel perfumado. Ergueu-se tão decidido que Miquimba nem tentou convencê-lo a ficar mais um pouco, como fazem os anfitriões com os convidados.

— Vai nessa, cara!

Julinho afastou-se dois passos e virou-se:

— Só uma pergunta: como você descobriu meu telefone?

— Maior moleza. Liguei pra fábrica do seu coroa. — E concluiu presepeiro: — Pra mim não tem tempo ruim, Magrão!

•

Foram duas semanas e meia para concluir a carta. A primeira versão terminou com oito páginas e mais parecia uma autobiografia. Julinho vinha desde o nascimento, de parto prematuro, passando pelas escolas que frequentou, suas dificuldades com o pai e com a matemática, divagações sobre a condição de filho único, e seguia pela alegria do reencontro com a avó, "uma cantora lírica aposentada". A segunda versão, reduziu-a para cinco páginas depois que resolveu cortar passagens de sua vida que não interessariam nem ao garagista do prédio cinza. Por que Laura gostaria de saber que ele, aos 6 anos de idade, reimplantou a ponta de um dedo, decepado na porta da cozinha?

A terceira versão caiu para três páginas. O garoto sofreu um acesso de escrúpulos e retirou frases e pensamentos de autores famosos, tais como "as paixões são as viagens do coração", de Paul Morand. Todas copiadas de um livro da mãe e incluídas na carta como se fossem suas, ansioso por tirar a má impressão porventura deixada pelo jornal sanguinário. A versão final acabou com página e meia quando Julinho descobriu o óbvio, que ele não estava enviando um currículo para pedir emprego no coração de Laura. Todos os refletores deveriam estar sobre a menina.

Disse-lhe então do esbarrão na papelaria ("coisa do destino?"), contou do impacto ao vê-la, descreveu as dificuldades para encontrá-la, mas passou por cima dos plantões na pracinha e omitiu sua timidez. Preferiu dar nobreza à sua admiração qualificando de deselegante abordar uma menina na rua. Elogiou-lhe o rosto luminoso, o sorriso desabrochado, o acabamento primoroso das extremidades e lamentou conviver, nas suas fantasias, apenas com um nome e uma imagem sem vida interior.

Em seguida elaborou uma pequena entrevista de respostas rápidas: onde estuda? que gosta de fazer? que lugares frequenta? quais as músicas preferidas?, tendo o cuidado, neste mapeamento, de não indagar sobre a existência de um possível namorado. Ao final, enviou-lhe um beijo carinhoso e meia dúzia de vírgulas "para que você coloque onde houver necessidade delas".

Submeteu a carta a uma rigorosa verificação ortográfica no computador, assinou, colocou endereço, telefone, nome completo e para ter certeza de que suas palavras e seu esforço não se extraviariam pelo caminho entregou-a pessoalmente na portaria do prédio cinza, morrendo de medo que Laura aparecesse de repente.

Missão cumprida, tenso e carregado de expectativas, decidiu relaxar na aula de jiu-jítsu. Executou todos os exercícios à risca, para surpresa do instrutor, suou como nunca, experimentou todo tipo de quedas e, aproveitando a noite estrelada, resolveu voltar caminhando pela ciclovia da Lagoa. Pois no mesmo local do assalto anterior um pivete encostou-lhe um cano nas costas e ordenou que descalçasse seu tênis, recém-chegado de Nova York. Julinho passivamente abaixou-se para desamarrá-lo e ouviu uma voz dirigindo-se ao ladrãozinho:

— Cai fora, cara. Esse você não vai ganhar!

Era Miquimba.

6

Miquimba não precisou falar duas vezes. O pivete reconheceu-o, aliviou a barra, escafedendo-se ligeirinho e o mulato pavoneou-se soberbo; o animal mais forte afugentando o mais fraco. Eis a ocasião em que os pequenos habitantes do fundo do poço provam da sensação de ser alguém: ao impor sua superioridade sobre seus iguais, sem brigas, sem sangue, na "moral". Ele tocou o ombro de Julinho num gesto fraternal e disse, poderoso:

— Respeito é bom e eu gosto.

O garoto ergueu-se lentamente junto às pernas daquele vulto que lhe parecia gigantesco na contraluz e gemeu:

— Cara! Vou parar de usar tênis!

— Sem essa, mermão. Se um mané desses quiser te ganhar e eu não tiver na área, tu diz que é gente do Miquimba que ele rala peito — considerou o mulato, altivo.

Havia se passado pouco mais de quinze dias desde que Julinho estivera com Miquimba debaixo do viaduto e quase todas as marcas do espancamento tinham regredido. Uma recuperação espantosa para quem convalesceu num ambiente que faria adoecer um porco.

— Não dou mole pra doença — vangloriou-se.

— Como diria minha avó: é duro na queda.

— TENHO que ser, cara.

Julinho guardava uma expressão de respeito. Apesar da mesma idade, punha-se diante do mulato como de um irmão mais velho, forte e experiente. Os 16 anos de Miquimba, assinalados na certidão de nascimento, dobravam na contagem das vivências, forjadas na pobreza e nas desgraças. O garoto lembrou-se das advertências da mãe: "Não abre a geladeira sem camisa! Não anda descalço no ladrilho! Não saia na friagem sem casaco!". Depois mediu Miquimba e espantou-se que continuasse vivo e de pé sem seguir a essas e a tantas outras recomendações. Registrou sua dúvida quanto à utilidade da pregação maternal e mudou de assunto.

— Você faz ponto aqui?

O mulato contou-lhe do tio, irmão do falecido pai, que vivia numa colônia de pescadores ali embaixo, às margens da Lagoa. Visitava-o com razoável frequência para levar "algum" e aproveitava a "viagem" para fazer um "ganho". "Como fiz com você", arrematou matreiro.

Os dois caminhavam vagarosos e o mulato, que ainda mancava da perna esquerda, deu uma paradinha:

— Olha! Foi aqui que aquele gorila me quebrou — e varreu os olhos pelo local como se procurasse algum pedaço seu jogado por ali.

Fazia uma noite morna e limpa, um colar de luzes circundando a Lagoa adormecida, e Miquimba num gesto de espontâneo contentamento bateu com as mãos no peito, comentando:

— Aldebaran está bem visível hoje.

Julinho seguia distraído, contendo o passo, olhos voltados para baixo, e julgou não ter ouvido direito.

— Quem?

— A Aldebaran — e apontou, sem tirar os olhos do céu. — Ali, na constelação de Touro. Saca só como ela está brilhosa. A professora disse que Aldebaran é 36 vezes maior que o Sol. Acredita?

O queixo do garoto não chegou ao chão, mas caiu o suficiente para deixá-lo de boca aberta.

— Você... tá falando de uma estrela, cara?

— Posso falar de outras. Chega junto e segue meu dedo — incrédulo, o garoto permaneceu fitando o mulato. — Tá vendo... ali embaixo? É a estrela de Magalhães. O pé do Cruzeiro do Sul.

— Cara! Como... como é que... que você sabe dessas coisas?

— Qualé, Magrão? Você esqueceu que durmo debaixo das estrelas?

E para não deixar dúvidas quanto ao seu conhecimento, Miquimba passou a identificar uma por uma — quase sempre com a pronúncia incorreta —, como que apresentando-as a Julinho: Antares, Spica, Regulus, aquela ali é Rigil, a estrela mais próxima da Terra, Canopus, Arcturus, Madar, Sirius, a mais brilhante, ali Castor e Polux na constelação de Gêmeos e... — Julinho interrompeu-o:

— Escuta! Dormir embaixo das estrelas não basta para reconhecê-las.

— Foi a professora Lurdes quem me ensinou.

Miquimba conheceu-a ao chegar à Candelária. Lurdes era dessas mulheres que entregam sua existência a cuidar dos desfavorecidos e quase todas as noites aparecia no pátio da catedral distribuindo comida, remédios e histórias. Os meninos sentavam-se à sua volta, todos ligados, à exceção daquele mulato de olhos verdes que continuava olhando para cima, atento aos pontinhos tremeluzindo como se estivessem vivos. Desde sempre Miquimba notou a existência das estrelas que quem nasce no morro vive mais perto do céu. Quando pequeno porém, muito pequeno, achava que as estrelas eram apenas o brilho do Sol atravessando os furinhos da cortina que descia de algum lugar para formar a noite.

— Mário, você não está interessado na história?

— Eu escuto com os ouvidos, tia — justificava-se ele, incapaz de repetir uma única frase.

À medida que foi ganhando confiança e intimidade, Miquimba passou a exigir dela um tempo só para ele. Terminada a historinha, afastava os outros moleques de perto, a muito custo, que todos queriam ficar agarrados à tia, deitava-lhe a cabeça nas pernas e a enchia de perguntas: por que as estrelas piscam sem parar, tia? por que não caem? por que uma brilha mais que a outra? mora gente nas estrelas? como é o nome daquela? e daquela? Lurdes se viu obrigada a ampliar seus conhecimentos sobre astronomia para saciar a infatigável curiosidade do mulato. Identificava-lhe as estrelas, explicava as constelações, mostrava o Cruzeiro do Sul — "é a menor das 88 constelações, mas está presente na bandeira do Brasil". Um dia presenteou-o com o mapa celestial da cidade do Rio de Janeiro que Miquimba guarda entre seus mínimos pertences.

— Hoje manjo quase todas — exagerou —, mas a minha constelação preferida não dá pra ver daqui. Uma vez eu sonhei que era o imperador da Ursa Maior. Ela é das mais grandes constelações do universo. A professora disse que a gente tem que ir pro Norte. Uma hora dessas eu me mando só pra ver aquela ursona enorme no céu.

Um psicanalista de botequim diria que o mulato queria distância da sua realidade, e se possível nos braços de uma grande mãe, peluda e aconchegante. Seja como for, Miquimba apaixonou-se pelas estrelas e, mesmo depois da chacina da Candelária e da debandada geral dos sobreviventes, permaneceu em contato com a professora. Sempre que podia — e podia quase sempre —, ia aguardá-la à saída da escola em Laranjeiras, onde ela ensinava Geografia, para prosseguir em suas "aulas particulares" nos fundos de uma igreja próxima.

— Você tem aula todos os dias?

— As aulas foram pro espaço, Magrão. Ano passado a tia levou uma bala perdida na cabeça. Apagou na porta do prédio dela na Tijuca.

Julinho pôde observar a dor desenhada na cara do companheiro que trincou os dentes, esfregou os olhos e chutou raivoso uma latinha de cerveja. Em seguida procurou o céu e acenou para Lurdes que, segundo ele, morava em Mintaka, uma das Três Marias. A imagem do mulato ganhava outra dimensão e Julinho resolveu dizer o que pensava:

— Você é um cara surpreendente para um menino de rua, Miquimba!

— Escuta, sangue bom! — a resposta veio rápida. — Eu não nasci menino de rua. Foi a porra da vida que me botou dormindo em folha de papelão.

Pararam defronte ao prédio do garoto, sentaram-se na grama, a um palmo das águas da Lagoa, e o mulato abriu seu coração como nunca o fizera antes.

— Quer saber? Eu nasci no morro da Mineira, manja? A gente morava num barraco que em dia de chuva grossa ficava todo mundo de joelho, rezando pra não rolar tudo morro abaixo. Lembro do velho chorando e implorando proteção a São Jorge. Até hoje a voz dele entra nos meus ouvidos. "São Jorge, nos proteja! Ai, São Jorge, nos proteja! Ai, ai, ai...", ele repetia sem parar. O velho era pedreiro de profissão, fudidaço, mal ganhava pra botar arroz com ovo na mesa, mas era um cara honesto paca, pedra noventa, temente a Deus. Ele se virou legal, ele e a velha, que fazia faxina em casa de bacana, pra dar estudo pra mim e pro meu irmão que era revoltado com o miserê da família. Um dia, eu tinha 8 pra 9 anos, o velho teve um troço esquisito, morreu dormindo e a vida da gente foi pras picas. A velha não demorou e se juntou com um pilantra que já foi chegando e botando banca. Enfiou a mão na cara do meu irmão que pegou uma faca e marchou pra dentro dele e foi o maior auê. Meu irmão é o capeta, cinco anos mais velho que eu, aprontava adoidado. Ninguém limpava a cara com ele. Depois da porradaria com o nosso padrasto se mandou de casa, arranjou um oitão e virou um bicho solto. Matou um otário, andou na tranca, se ligou a um comando no morro do Juramento, fez estica, atirou num PM, foi preso, fugiu, foi preso de novo, tornou a fugir, se mandou pra São Paulo que aqui ele tava manjado. Tem quatro anos que não vejo ele, nem sei se ainda tá vivo. Eu continuei nos estudos, mas aí o maridão da velha começou a invocar comigo. Dizia que eu tinha que parar de estudar pra ajudar na casa e me botou pra pedir esmola em sinal de trânsito. Quando eu chegava com uma merreca ele me pegava de cascudo e aí eu resolvi ralar também. Nunca mais vi a velha, sei que ela tá lá, mas enquanto não largar daquele pilantra não dou as caras. Fui pra rua com 11 anos cheirar cola, tomar conta de carro, depenar gringo em Copacabana e aí uns camaradas do meu irmão no Juramento me chamaram pra ser vapor. Saca vapor? Eu recebia a carga pra distribuir, eram uns 120 papelotes de coca, ficava com uns dez pra mim e levantava um din-din firme. Aí teve uma batida braba lá no morro, prenderam o gerente do branco, mais uma pá de gente e me jogaram num reformatório. Ah mermão!, com uma semana, juntamos uns vinte, destelhamos o teto, botamos fogo nos colchões e ralamos peito. A rapaziada do Juramento já era outra, eles queriam que eu fizesse endolação, mas eu parei com a droga que eu já tava vendo estrela demais, e fiquei aprontando umas saidinhas com os pivetes da Candelária. Depois da chacina, os homens disseram que iam me pegar e eu fiquei por aí rolando sem rumo, sem destino, sem merda nenhuma, só na companhia das minhas amigas da noite!

O mulato manteve a cabeça baixa por todo o tempo. Silenciou, cessou de remexer a terra com um graveto, fixou o olhar no horizonte e Julinho lhe fez a pergunta mais pertinente:

— Por que você não arranja um trabalho?

Miquimba contraiu o rosto, como se a pergunta cheirasse mal:

— Até que eu manjo do serviço de pedreiro, mas pra ganhar aquela mixaria que o velho levava pra casa... tô fora!

— Então volta a estudar, cara.

— Isso era uma boa. Eu me amarro em ser astrônomo. Sabia que várias constelações estão de cabeça pra baixo? Ia ser legal. Ficar sacando as estrelas naqueles... naqueles... — fez o gesto sem lembrar o nome.

— Telescópios!

— É isso aí! Mas pra mim não dá, Magrão. Sou um cara marcado. Não tem mais saída pra mim.

— Que isso, Miquimba? Nossas vidas estão apenas começando.

— A sua, mermão. A minha pode acabar na próxima esquina. Pode crer. Minha única saída fica a sete palmos abaixo da terra.

As palavras do mulato espargiam um mórbido fatalismo que deixou Julinho injuriado. Nem sua avó, quase octogenária, se considerava tão próxima do fim. O garoto permaneceu olhando fixo para Miquimba e detectou a profunda metamorfose que se operara nele, desde o momento em que surgiu do nada espantando aquele coelho assustado. O mulato perdera o ar brioso e convencido como se a pose não se sustentasse em confronto com a realidade, e fazendo o caminho inverso das borboletas transformara-se numa lagarta condenada a rastejar. Julinho levantou-se repentino e deu a ordem:

— Vamos até lá em casa!

— Assim? — Miquimba indicou os trapos que lhe cobriam o corpo. — E se teu velho estiver lá? Vai querer rodar comigo!

Julinho manteve o mulato junto à escada de serviço e entrou para verificar o movimento da casa. Eram quase onze da noite e a ausência do indefectível som da televisão indicava que a família havia saído ou já se recolhera. No quarto da avó, o silêncio e a réstia de luz por baixo da porta asseguravam o sono da velha, que não dormia no escuro. Não havia mais ninguém, Julinho abriu a porta da cozinha cauteloso, botou o mulato para dentro e jogou-lhe uma toalha no colo, apanhada no varal.

— Já tomei banho de manhã no chafariz, Magrão!

— Toma outro que eu vou lhe dar roupas limpas.

O mulato desfez-se dos trapos no cômodo de serviço usado como depósito de tralhas e trancou-se no banheiro enquanto o garoto foi ao seu quarto revolver as gavetas desarrumadas à cata de algumas peças fora de uso. Tomado por uma compaixão santificada, recolheu tudo que os braços podiam carregar: meias, cuecas, camisetas, calças, calções, uma mochila e deixou de lado os sapatos que Miquimba não iria trocá-los pelo tênis. De volta, ao atravessar o corredor, notou um bilhete no quadro de avisos acima do telefone: "Filho, Bernardo ligou do México, ligou também uma menina que não quis deixar o nome. Mamy".

A ligação do amigo distante desapareceu sob as luzes feéricas de um luminoso que se acendeu na sua testa: Laura! Imediatamente uma descarga de adrenalina acelerou-lhe o ritmo vital. Ela ligou! Ela ligou! Só pode ter sido Laura! Atirou as roupas sobre o estrado do depósito e botou pressão em Miquimba.

— Vamos nessa antes que os velhos cheguem!

Enrolado na toalha o mulato abriu os braços ao ver aquela montanha de roupas na sua frente e perguntou se era para escolher.

— É tudo seu, cara — disse o garoto pensando em quem teria atendido a ligação de Laura.

Abriu-se uma satisfação naquela cara mulata que não se via desde os presentes da professora Lurdes no último Natal da Candelária.

— Essa foi de abalar, Magrão! — comentou revolvendo as coisas. — A mochila também?

Julinho não estava mais ali. Sua cabeça escapara do corpo e dançava ao melhor estilo dos rituais tribais à volta de Laura numa felicidade de causar arrepios, imaginando-a dizendo seu nome: "Julinho está?" Ela pronunciou meu nome!, gritou o garoto para todos os seus órgãos, nervos e artérias como que a querer fazer daquela chamada uma consagração.

A alegria se espalhava no recinto, patente, convocada por muito pouco: uma muda de roupas velhas e um incerto telefonema feminino. Miquimba escolhia as peças, pedindo a opinião do garoto — na falta de um espelho —, que erguia o polegar em sinal de aprovação, muito mais interessado em reproduzir mentalmente o telefonema: "O Julinho não está, quer deixar recado?"

— Pô, malandro, já tinha esquecido que existia cueca!

— Você tem onde deixar essa roupa toda? — Julinho falava em ondas curtas e pensava em frequência modulada: "Diz que foi uma amiga, eu volto a ligar". Será que ela disse "volto a ligar?"

— Deixo no barraco do tio, que se levar pra debaixo do viaduto amanhã de manhã não tem nem um pé de meia.

— E sua moral? — provocou Julinho depois de "desligar" o telefonema de Laura.

— Ah, mermão! Quando a gente tá dormindo todo mundo é igual!

Miquimba abraçou aquele exagero de roupas, os dois cruzaram a área de serviço do apartamento, mas Julinho nem chegou a tocar a maçaneta da porta de saída. Teve sua ação paralisada pelo pai surgindo na cozinha:

— Oi, filho!

7

Julinho respondeu a saudação no reflexo — oi, pai! — experimentando o embaraço de quem se sente pilhado em flagrante delito. De súbito, veio-lhe a sensação de que uma palavra deslocada, um gesto em falso poderiam torná-lo responsável por uma cena imprevisível envolvendo os personagens do espancamento. Por alguns segundos os três permaneceram estáticos, cruzando olhares sobre os ladrilhos da cozinha. Miquimba medindo o mandante de sua surra; Alberto curioso por entender o significado daquele mulato de olhos verdes sobraçando uma trouxa de roupas e Julinho buscando recuperar sua naturalidade.

— Esse é o Miquimba — disse o garoto.

O pai abriu um sorriso cortês, repetiu o nome — Miquimba — e assumindo um ar professoral esclareceu ao filho que as regras de boas maneiras mandam que se apresentem as pessoas pelo nome de batismo, de preferência completo.

— Edílson — inventou Julinho com a rapidez de um repentista.

— Você trabalha na lavanderia? — brincou Alberto.

— Não, ele... — mais uma vez o garoto antecipou-se — ele é filho do zelador da academia de jiu-jítsu.

Julinho se enredava numa teia de mentiras, certo de que não havia como evitá-las. Ou será que deveria apresentar Miquimba como o ladrão do seu tênis? Ou o moleque safado que Alberto caçara à frente de uma força policial? O mulato limitava-se a confirmar as informações de Julinho meneando a cabeça com um pálido sorriso pregado nos lábios.

— Pelo visto esse tênis virou moda no Brasil — comentou Alberto vendo os pés dos meninos.

Julinho olhou para baixo como que a conferir se os pares continuavam iguais e disse ao pai que tinha dado o tênis velho, junto com as roupas, ao mulato. Uma meia verdade a se equilibrar sobre uma coincidência.

— Sabia que esse tênis já foi roubado, Edílson?

Os meninos de rua são uns artistas da vida. Miquimba aprendera a representar desde quando o padrasto jogou-o nos sinais de trânsito: fazia aquele olhar triste, de sofrimento e abandono — do qual não tinha consciência — para comover os motoristas. O mulato observou o calçado, como se estivesse vendo-o pela primeira vez, e respondeu:

— Nem parece, doutor.

Antes que Alberto iniciasse seu inflamado discurso sobre violência urbana, Julinho apressou Miquimba que, tendo as mãos ocupadas, cumprimentou Alberto com mais reverências do que um japonês, e os dois saíram porta afora. No elevador, o mulato sorriu da expressão de sufoco do garoto, comentando: "Tu tava achando que eu ia pagar mico pro teu coroa?" Julinho não sabia — nunca soube — lidar com situações inesperadas e, no mais das vezes, dizia coisas de que se arrependia mais tarde. No caso, incomodou-o inventar um nome fictício para Miquimba, mas justificou-se:

— A inicial do seu nome saiu no jornal.

— Cara! Você não vai poder conhecer mais ninguém com a letra "M".

Despediram-se na calçada sem marcar nada, na certeza de que voltariam a se encontrar. Sentiam-se muito mais próximos, quase amigos, depois das confidências de Miquimba e do convite de Julinho para que fosse à sua casa, um gesto importante à vista de quem vive na rejeição. O mulato olhou para as roupas, olhou para o garoto, percorreu os olhos pelo céu em silêncio e sem encontrar as palavras, desacostumado a demonstrações de gratidão, reduziu seus sentimentos a uma exclamação:

— Valeu, Magrão!

E desapareceu na noite.

•

Julinho dormiu um sono agitado, debatendo-se entre os rostos embaralhados de Laura, Miquimba e Alberto, mas pulou da cama com uma disposição incomum. Antes de sair para o colégio pregou no quadro de avisos uma mensagem em folha dupla: "Atenção! Se ligarem para mim, voz feminina, peçam, roguem, implorem para chamar após as 13 horas".

Dependesse de sua vontade e permaneceria o dia todo de prontidão aguardando a chamada de Laura, que na sua cabeça não cabia mais ninguém na ligação da véspera. Sem condições, porém, de faltar à prova de português, faria o supremo sacrifício de afastar-se por algumas horas, decidido a dispensar todos os compromissos da tarde — inclusive a aula de desenho — para ficar colado ao telefone.

Na escola, Julinho passava despercebido, um aluno mediano. Ainda que sua aparência e seus movimentos contidos lhe conferissem um perfil de cê-dê-efe, não se agrupava entre os primeiros, embora também não se arrastasse na rabeira da turma. Dava a impressão de empurrar o curso com a barriga e com sua massa cinzenta, sem muito empenho, interessado apenas em ser aprovado no final do ano. O garoto até poderia ter uma média alta, caso não se transformasse numa toupeira diante da matemática que por duas vezes jogou-o na lona, da recuperação e da repetência. Quando Alberto, um malabarista na arte de lidar com números, reclamava da nota no boletim, Julinho reagia do seu jeito manso:

— Já sei as quatro operações, pai. Isso é o bastante pra mim — e ouvia calado um longo sermão sobre a importância da álgebra e da geometria.

Na sala de aula, sentava-se no fundo, seja por timidez, por defesa à arguição dos professores ou por afinidade com os ditos bagunceiros que se entrincheiram nas últimas filas de carteiras. Julinho curtia estar entre eles, talvez gostasse de ser um deles para poder expressar sua rebeldia reprimida. Percebia-se mais identificado com o desafio à autoridade do que com a autoridade, algo visível a olho nu na relação com o pai.

Fazia o gênero sonso, apropriado a um tímido profissional, participando de brincadeiras fora de hora com a expressão disfarçada de um aluno nota dez em comportamento. Sua solidão de filho único não fazia dele um misantropo e vez por outra enturmava-se em programações coletivas, mas estava longe de ser um espírito gregário. Numa idade em que a escola ocupa o centro do universo e pertencer a uma turma é parte da afirmação pessoal, Julinho girava em órbita própria, distante do rebanho escolar.

A maior queixa dos mestres dirigia-se à sua dispersão. A quantidade de desenhos que o garoto produzia durante as aulas daria para montar uma exposição. O professor se esgoelando lá na frente e ele caricaturando-o com uma boca enorme vomitando uma sopa de letrinhas. Julinho manifestava uma capacidade invejável de sair do ar, de estalo, e "viajar" sabe-se lá por onde, embora o corpo continuasse ali, emitindo todos os sinais vitais de atenção à aula. Nos últimos tempos, as "viagens" vinham se acentuando em razão de novas escalas: o retorno da avó, a aparição de Miquimba, a paixão crescente por Laura.

Julinho deixou a prova de português sem noção do seu rendimento. Dominava a matéria, tinha estilo nas dissertações, mas respondeu os quesitos no automático que seu poder de concentração esbarrou na imagem de Laura, a todo instante se interpondo entre ele e o papel da prova. Chegou em casa e tirou uma reta até Maria para saber se o telefone dera sinal de vida. Dona Lili, disse ela, atendera uma ligação.

— Vó!... vó!... vó! — saiu berrando.

Lili estava no banho cantarolando um trecho de *Um baile de máscaras*, de Verdi, que na vida real ela viveu situação semelhante à de Amélia, mulher do secretário do governador de Boston por quem o governador se apaixona perdidamente. A alegria vinha impressa na "coloratura" de seu timbre, agora que ela retomava suas atividades sociais recuperando antigas amizades separadas havia anos pelo Atlântico.

Aquela tarde, por exemplo, iria à casa da melhor amiga dos tempos de colégio que organizara um joguinho de cartas em sua homenagem. Acostumada à vida mundana da Europa, que incluía intermináveis noitadas em cassinos, Lili cedeu ao fascínio das fichas, baralhos, roletas, panos verdes e lamentava que na casa de Alberto não se jogasse nem burro em pé. Vera conta que um dia, ao entrar pela cozinha, encontrou a velha na mesa da copa embaralhando as cartas com a desenvoltura de um crupiê para ensinar a empregada a jogar pôquer.

Julinho bateu na porta do banheiro, perguntou, animado, pela ligação e ouviu que tinha sido sua tia Sônia, irmã de Alberto, de Salvador. Murchou como um boneco inflável, seus ombros vergaram, sua cabeça pendeu, ele apoiou a testa na parede e salivou uma golfada amarga de frustração. Lili saiu em meio a um bafo quente, enrolada no roupão, sustentando um turbante de toalha na cabeça. Julinho juntou forças e reportou-se ao telefonema da véspera que ela atendera e ele perdera a convicção quanto à procedência.

— Acha mesmo que foi a Laura, vó?

— Pode apostar, *figlio*. Ela não falou naquele tom descontraído das velhas amigas. Foi formal como as ligações comerciais.

O garoto recuperou uma fração do entusiasmo e seguiu atrás de Lili para o quarto, querendo detalhes, todos os detalhes.

— Como foi que ela falou, vó... exatamente?

— Ela falou — e imitou: — "O Julinho está, por favor?"

O garoto voltou a sentir o arrepio pelo corpo, imaginando-a do outro lado da linha pronunciando seu nome. Excitava-o o fato de dias atrás nem existir para ela, e de repente saber de sua boca a perguntar por Ju-li-nho, repetiu separando as sílabas.

— Como foi que ela disse "Julinho", vó?

— Ela disse: "Julinho" — fez uma pausa — serena, sem emoção.

— Sem emoção? Nenhuma emoção?

A velha andava pelo quarto recolhendo peças de roupa. Retirou o turbante, sacudiu e friccionou os cabelos avermelhados, desfez-se do roupão e nua em pelo continuou falando como se na presença de sua camareira.

— Se havia alguma emoção, ela a controlou, tal uma atriz.

— Você disse que eu não estava? — o garoto virou as costas, não sem antes conferir o umbigo da avó. — Disse que eu não estava?

— Você não estava mesmo. Queria que eu dissesse o quê? — retrucou repuxando os elásticos da calcinha, se é que se pode chamar assim a peça que lhe subia até a cintura. — Perguntei se queria deixar recado.

— E ela? Disse o que... exatamente?

— Disse: "Não, obrigada". — Lili acomodava os seios rejuvenescidos pela plástica dentro do sutiã. — Disse que ligaria depois.

— Foi um "depois" vago ou firme? Você notou? Foi um "depois" de quem vai ligar mesmo? Foi, vó?

A velha abotoou os botões da blusa fora de ordem, aturdida por aquele interrogatório sem fim. Procurou acalmar o neto:

— Nenhuma mulher deixa uma carta de amor sem resposta, *figlio* — acertou os botões nas casas. — Mesmo que esteja apaixonada por outro, ela vai ligar, no mínimo para conhecer seu admirador. Mulher é muito curiosa. Quando a novidade as tenta e a curiosidade as empurra, as mulheres vão longe.

Lili dava os retoques finais na pintura de cores fortes como se fosse pisar o palco e Julinho sentou-se à beira da cama, como gostava de fazer, pensando na frase da avó que lhe causou um repentino mal-estar: "Mesmo que esteja apaixonada por outro". O garoto nunca considerou a possibilidade de Laura estar apaixonada por ninguém. Nas terras de suas fantasias só havia lugar para eles dois. As palavras da avó, no entanto, continham um dado de realidade que ele não poderia ignorar. Lili parou diante dele e expôs-se, coquete:

— Estou bonita?

Julinho então percebeu-a pronta para sair e se dispôs a levá-la à casa da amiga. A velha dispensou a oferta informando que Alberto mandara o carro, e o garoto retomou sua decisão:

— Agora vou me plantar ao lado do telefone.

— Não faça isso, *figlio*. Você vai ficar aí ardendo na fogueira da ansiedade. Faça o que tiver que fazer. Deixa a vida seguir seu curso. Laura vai achá-lo...

A velha deixou um carimbo de batom na testa do garoto que se sentou junto ao aparelho, olhou-o firme e concentrado começou a repetir mentalmente o nome da bem-amada. Dois minutos de exercícios telepáticos foram suficientes para fazer o telefone reagir. Julinho pigarreou, limpou a voz, pegou o fone e emitiu um "alô" digno dos melhores galãs de Hollywood.

— A Lili está? — era a amiga da velha, impaciente com sua demora.

Prevendo que aquele plantão pudesse se transformar em uma lenta tortura — "e se ela estiver apaixonada por outro?" —, Julinho acolheu a sugestão da avó: "desligou" e se mandou para a rua, mais precisamente para a loja de Vera. Queria uma conversa reservada com a mãe.

•

Vera assustou-se ao ver Julinho, a aparição mais improvável àquela hora, adentrando seu escritório, no mezanino da loja de presentes.

— Filho, que houve?!

Vera é dessas pessoas que parecem estar sempre à espera da má notícia, o que confere à sua voz uma inflexão de tragédia grega. Poderia ter recebido o filho com um carinhoso "você por aqui?" ou um "que surpresa!" acolhedor, mas sua inclinação para o drama levou-a a uma exclamação operística de quem se prepara para ouvir o pior. Julinho sorriu seu sorriso doce e respondeu apaziguador:

— Nada, mãe...

— Você não deveria estar na aula de desenho? — ela baixou o tom.

— Não dava para estar em dois lugares ao mesmo tempo e eu precisava falar com você.

Vera jogou um papel dentro da gaveta e empurrou-a decidida:

— Estou saindo para minha análise. É urgente?

O garoto encolheu os ombros num gesto característico, como que a dizer "pode ser, pode não ser", e a mãe, talvez cutucada por um sentimento de culpa, relaxou o corpo na cadeira giratória, assumindo uma postura de "sou toda ouvidos".

Julinho não perdeu tempo: queria sua ajuda para convencer o pai a permitir que um amigo morasse com ele por umas semanas. No jogo político da família era comum o garoto buscar o apoio da mãe para encaminhar suas propostas a Alberto, o chefe do Executivo. Às vezes ela se alinhava com o filho, como quando ele pretendeu mudar de colégio por incompatibilidade com o professor de matemática, o que acabou não acontecendo porque o pai, mesmo em minoria, exerceu seu poder de veto. Às vezes, Vera se abstinha e votava em branco (ou "subia no muro"), como na ocasião em que Julinho quis uma motoneta. Uma coisa porém era certa: a mãe nunca fazia oposição cerrada ao garoto na frente de Alberto.

— Seu pai não vai se importar. Só que sua avó está ocupando o quarto de hóspedes.

— Ele pode ficar no quarto comigo.

— Como o irmão que você sempre quis? — lembrou, afagando a mão do filho.

— É por pouco tempo... enquanto ele acerta a vida.

O final da frase acendeu uma luz vermelha em Vera: o que significaria "acertar a vida" para um coleguinha do filho? A mãe ainda não conversara com Alberto sobre o encontro da noite anterior na cozinha, de modo que ignorava por completo a existência de Miquimba. Até onde ela sabia, os colegas de Julinho, que dizia ter apenas Bernardo como amigão, eram todos filhos de pais abastados que positivamente não precisavam ocupar uma vaga na casa dos outros para acertar a vida.

— O que houve com ele, filho?

Julinho não pretendia prosseguir nas mentiras que sacou contra o pai. E fizeram-lhe muito mal, perturbando seu sono, fustigando sua consciência. Querendo jogar limpo com a mãe, mediu as palavras para não se afastar da verdade:

— Ele... ele brigou com a mãe e saiu de casa.

Uma resposta insuficiente para desligar a luz vermelha que piscava insistente em Vera:

— Você conhece a mãe dele? O pai faz o quê?

Vera jogava o anzol à procura de pescar mais informações. No passado, separava-se o trigo do joio social perguntando pelo nome de família. Hoje, esta referência oriunda dos arraiais aristocráticos diluiu-se entre sobrenomes emergentes, tornando mais seguro indagar a atividade dos pais para melhor situá-los nas alíquotas do imposto de renda.

— O pai dele morreu e a mãe é... é faxineira!

A linha de raciocínio que Vera seguia explodiu como um trem dinamitado. Boquiaberta, sem reação, permaneceu olhando para Julinho que se aproveitou do silêncio para ir fundo:

— Ele morava no morro da Mineira com a mãe, mas apanhava muito do padrasto e fugiu de casa... e virou menino de rua.

Vera não desconhecia as características do filho que o faziam diferente da média dos garotos de sua idade. Julinho era um sonhador, criativo, solitário, de uma generosidade quase religiosa, de uma ingenuidade quase infantil, de um desprendimento quase franciscano, sem preconceitos de raça, credo ou classe. Vera não desconhecia nada disso, mas jamais lhe passaria pela cabeça que o garoto pretendesse abrigar um menino de rua em casa. Expressão aparvalhada, limitou-se a balbuciar:

— Menino de rua?

— É, mãe. Menino de rua. Desses que dormem ao relento.

— Pode me dizer como vocês se aproximaram? — perguntou, esforçando-se por parecer natural.

Não mentir não significava necessariamente ter que contar toda a verdade. Julinho omitiu a primeira parte da história, violenta (o roubo do tênis), brutal (o espancamento), sinistra (a morte de Buck) e partiu do encontro na Lagoa que julgava contar pontos a favor de Miquimba.

— Ele me salvou de um assalto!

— E por causa disso vocês ficaram amigos? — reagiu Vera com uma ponta de cinismo.

— É, mãe. Ele apareceu na hora! Depois conversamos muito. Acredita que ele sabe o nome de todas as estrelas? Ele me ensinou a ver o Cruzeiro do Sul no céu. Ele se amarra na constelação da Ursa Maior...

Vera não moveu uma ruga, como se lhe parecesse normal que meninos sem teto entendessem as estrelas. Ouvia impassível, sem aderir à empolgação do filho que insistia em exaltar o amigo — para melhor "vendê-lo" — afirmando que ele não era um menino de rua igual aos outros, "tinha qualidades, sensibilidade, tinha algum estudo e só precisava de um empurrãozinho para endireitar a vida".

— Só um empurrãozinho, mãe — repetiu o garoto.

Vera não sabia o que dizer, definitivamente não sabia, e sob o impacto do inusitado considerou que naquele momento o melhor a fazer seria escapulir dali para ganhar tempo e pensar. Olhou o relógio:

— A análise eu já perdi, mas não quero deixar de ir à ginástica, filho — levantou-se. — Vamos conversar com seu pai logo mais.

Jogou as chaves na bolsa e saiu apressada descendo os degraus em caracol. Julinho, que ficara para trás, elevou a voz e perguntou do alto da escada:

— Vai me dar força, mãe?

Ela virou o rosto para cima e respondeu:

— Você sabe que seu pai é quem decide...

E saiu acelerada pelas calçadas de Ipanema, deixando no filho a impressão de que à noite votaria em branco.

•

Julinho atravessou o resto da tarde diante dos livros de História, forçando-se a estudar, mas com todos os sentidos voltados para o telefone que continuou flagelando-o pelo silêncio. A voz feminina não voltara a chamar.

Lili deixou um lugar vago à mesa, envolvida no carteado na casa da amiga e o garoto lamentou a ausência de sua aliada incondicional. O jantar foi servido a três, regado por uma conversa insossa, sem grandes notícias que açulassem o lado patético de Vera. Ela já queimara alguns sobressaltos antes da chegada do marido, quando o filho contou-lhe mais sobre Miquimba: "O quêêêê? Ele esteve aqui? Tomou banho? Em que banheiro? Você botou a toalha pra lavar? Deu a ele suas roupas? Aquela mochila também? Meu Deus! Quer dizer que seu pai o conhece? Ele não comentou nada comigo!"

Alberto detinha a palavra e enquanto comia do seu jeito sôfrego, explicava o Programa de Qualidade Total introduzido na fábrica, que lhe permitiria reduzir os custos, e cortar cinquenta empregados. Falava com entusiasmo, buscando injetar algum interesse no seu sucessor, que no entanto o ouvia com a mesma atenção dedicada ao estudo de História. O garoto estava mais preocupado em trocar olhares cúmplices com a mãe à espera de um aviso para iniciar a "operação Miquimba". A oportunidade veio no cafezinho quando Alberto percebeu que Vera não saíra da mesa para assistir sua novela.

— Que aconteceu? — brincou. — Estão repetindo o capítulo de ontem?

Vera deu o sinal:

— É que... Julinho quer lhe pedir algo.

Alberto olhou para o filho, tornou a olhar para a mulher e só então notou uma certa solenidade em ambos a sugerir um pedido fora de rotina. Aprumou o corpo, cruzou os braços sobre a mesa e dirigiu um olhar condescendente para Julinho:

— Pode pedir. Desde que não seja uma moto importada...

O garoto tinha a frase pronta:

— O Miquimba pode ficar uns tempos morando aqui em casa?

O pai precisou de alguns segundos para fazer o registro:

— Qual Miquimba? Aquele...? — Julinho fez que sim. — Ele não tem casa? Você não disse que ele é filho do zelador sei lá de onde?

Julinho abriu o jogo e confessou que mentira com medo da reação do pai. Miquimba é um menino de rua, disse, e repetiu na íntegra a versão que contara à mãe no escritório sem mudar uma vírgula.

— E você acha que morando aqui ele vai fazer as pazes com a mãe, voltar a estudar, arranjar um emprego e ser um bom menino?

— As chances são maiores do que se ele continuar na rua.

— Ora, filho, que ingenuidade! Já ouviu falar naquele ditado: "Pau que nasce torto...?" É o caso desses meninos — e ponderou: — Se ainda fosse uma criança, um bebê abandonado, mas um cara do seu tamanho que passou a vida inteira na rua.

— Ele foi pra rua com 11 anos!

— Pior ainda. Um garoto que escolhe a rua aos 11 anos é porque tem vocação para ela.

Julinho sentia-se um lutador de boxe encurralado nas cordas por um adversário muito mais vivido e experimentado. Ainda assim procurava reagir.

— Ele não teve escolha, pai!

— Escuta, filho. Acho muito nobre da sua parte querer ajudar os outros, mas isso aqui não é um reformatório, uma casa de assistência ao menor desamparado. Vamos deixar Miquimba seguir seu caminho. Se tiver que acertar a vida, ele o fará independente do nosso apoio.

— Ele não vai conseguir sozinho, pai! Não vai!

A veemência extraordinária de Julinho carregava um motivo adicional. Desde que o mulato o salvou do assalto, o garoto juntou ao sentimento de amizade a sensação de segurança. Assim, oferecendo a Miquimba as condições para sair do buraco encontraria nele um anjo protetor, um irmão mais velho que, conhecedor dos segredos das ruas, iria defendê-lo das intimidações presentes em cada esquina. Uma troca justa que os pais não entendiam ou não queriam entender.

— Não há um meio de ajudarmos o rapaz, Alberto? — intercedeu Vera, conciliadora.

Vera também não queria um menino de rua morando em sua casa. Sabia disso desde que se despediu de Julinho na loja e rezou para não ser obrigada a externar sua opinião durante a conversa na frente do filho. Agora porém que Alberto definira a questão sentiu-se à vontade e meteu sua colher, uma colherzinha de chá, para minimizar a decepção do garoto. Alberto apreciou a sugestão da mulher e comentou:

— Talvez ele pudesse vir uma vez por semana fazer uma faxina, limpar a piscina, as vidraças... Maria está ficando velha.

— E seria pago pelo seu trabalho, naturalmente — acrescentou Vera, conclusiva.

— Claro! Lógico! Todo homem tem que ser remunerado pelo seu trabalho. Isso é sagrado! — Alberto exaltava-se como um paladino dos trabalhadores. — Vamos lhe pagar um salário mínimo por mês. Que você acha, filho?

Se Alberto imaginou que Julinho iria sair dando cambalhotas de alegria, quebrou a cara. O garoto manteve-se impassível, apenas aprofundando no rosto seu desapontamento, que o pai, acostumado a discussões salariais, interpretou à sua maneira:

— Filho, um salário mínimo é muita coisa num país de desempregados. Tem milhares de pessoas que não recebem nada!

— Penso que encontramos a solução! — Vera apressou-se em concluir. — Pronto, filho! Assim você não deixará de ajudar o Miquimba!

Alberto retirou-se, satisfeito com sua reluzente demonstração de magnanimidade. O garoto continuou sentado, vencido, pensando na distância que havia entre ajudar um amigo e tê-lo como faxineiro dentro de casa. Não seria um salário que iria desentortar o mulato, nem dois, nem três, que dinheiro somente não seria suficiente para indicar-lhe a porta de saída do submundo. Miquimba carecia de uma oportunidade para emergir ao mundo que sempre lhe foi negado. Precisava ver a luz no fim do céu.

Vera percebeu o abatimento do garoto e, de pé, atrás da cadeira, colocou as mãos sobre seus ombros, acrescentando afetuosa:

— Seu pai tem razão, filho. É muito arriscado botar um estranho morando com a gente. Você é jovem, acha que todas as pessoas são boas. Não conhece as maldades do mundo. Vamos! — a mãe procurou um tom estimulante. — Não fique assim! Você vai ajudar seu amigo! Não era o que queria? Miquimba vai ficar feliz com esse dinheiro da faxina. Quem sabe você não o orienta para abrir uma poupancinha?

Julinho preferiu continuar mudo. Teve medo das próprias reações às observações da mãe. Eram sempre os mesmos argumentos — "Você é jovem, é ingênuo, é imaturo" —, como se os mais velhos e experientes fossem os donos da verdade. Vera acariciou-lhe os cabelos e afastou-se para a salinha de televisão. O garoto talvez permanecesse prostrado por toda a noite, caso a chegada da avó não lhe provocasse uma reviravolta no espírito. A velha entrou cantarolando um trecho da ópera cômica *La serva padrona* e repetindo, pela sala, os movimentos afetados da empregadinha (*la serva*) entregou ao neto um envelope deixado na portaria.

Julinho nem precisou olhar o remetente para identificar a procedência.

8

O conteúdo da carta não se revelou à altura do regozijo de Julinho. Laura restringiu-se a responder à pequena entrevista acerca de seus gostos e predileções com absoluta economia de palavras. Na verdade, o garoto sentiu-se driblado pela menina por ter gasto expectativa à toa na marcação cerrada em cima do telefone. Se ela preferiu a palavra escrita à viva voz, que ao menos sua caligrafia clara e redonda trouxesse um mínimo de emoção para aquecer as esperanças do destinatário. Aquela carta mais parecia um formulário preenchido.

Superado o julgamento inicial, Julinho procurou ver a questão por outro ângulo. O ato de responder a uma carta — seca e objetiva que seja! — implica pegar papel, caneta, isolar-se em algum canto, pensar, escrever, subscrever o envelope, remeter, ou seja, dedicar uma fatia do tempo, às vezes precioso, ao objeto de suas atenções. Isso Laura fizera, e fizera mais acrescentando abaixo da assinatura o número do telefone. Encarada por esse lado, a carta transformava-se num certificado de velado interesse.

Um detalhe, porém, inquietava o garoto: a resposta da menina alterava os movimentos do jogo, obrigando-o a se lançar ao ataque se não quisesse ficar nesse vai e vem de correspondências. Ele que montara sua estratégia a partir de uma posição defensiva — aguardar o telefonema — agora teria que sair em campo e tomar a iniciativa das ações, pelo menos da próxima ação, o que lhe impunha um novo desafio.

•

Julinho acordou lendo a carta — que dormira na cabeceira — pela enésima vez, procurando se preparar para o futuro telefonema. Decide que se mostrará forte e resoluto. Ao atenderem ele dirá: "Quero falar com Laura!" Nada de perguntar "de onde falam" para não se arriscar a ouvir um pouco educado "ligou pra onde?".

Aguardará ela pegar o telefone, sem ansiedades, e dirá: "Laura? É Julinho!" Assim, sem titubear, sem babaquices do tipo "adivinha quem está falando". Convém estar pronto para o caso de a menina atender e dizer de cara: "É ela!" O garoto jurou que não se deixará trair pelo inesperado. Embora nunca tivesse escutado a voz de Laura, sentia-se capaz de reconhecê-la no meio de um coral. O amor faz dessas coisas.

Pensou em dizer o nome completo para evitar que na hipótese de conhecer um homônimo Laura venha de lá com um "que Julinho?" Considerou, porém, que Júlio Calmon soaria careta demais. Dirá Julinho mesmo, mais jovial, mais íntimo, mais ele, e se a menina não identificá-lo, estará preparado para acrescentar: "O da carta!" Na sequência virá uma inevitável saudação da parte dela: "Oi, Julinho, tudo bem?" Nesse momento, nesse exato momento, ele se insinuará com um bem pesado e medido: "AGORA está melhor". O garoto admitiu a necessidade de realçar o advérbio para que Laura retorne curiosa: "Por que agora?" Ele então fará disparar sua flecha sedutora: "Porque agora estou falando com você!"

Uau! Exultou orgulhoso da própria criação, digna de um Casanova, e só não continuou no telefonema imaginário porque Lili, saindo para sua caminhada na Lagoa, perguntou se já terminara o ano letivo. Julinho esquecera-se da vida viajando com a menina e teve que se mandar sem café para não perder a prova de história. No ônibus, decidiu que ligaria no fim da tarde, quando Laura retornava da aula de dança. Até lá trataria de criar algumas outras frases para se apresentar irresistível.

Havia tempos Julinho não se sentia tão à flor da vida. Os olhos mais inquietos, os movimentos mais desenvoltos, a coluna menos curvada, uma disposição invulgar levaram-no a cumprir todas as etapas de aulas e cursos sem fastio nem cansaço. Seguia espreitando o relógio, como que a empurrar o Tempo para ver chegar logo o momento de teclar o número de Laura, já memorizado. Perguntava-se: por que será que quando queremos as horas passando depressa elas se movem com a lentidão de um cágado? Lembrou-se da cadeira do dentista, onde trinta minutos com a boca aberta correspondiam a um suplício eterno. Ao sair da aula de jiu-jítsu parou na colônia de pescadores atrás do tio de Miquimba.

Apontaram-lhe Walter Tainha, "aquele lá", sentado no pequeno cais de madeira remendando uma rede de pesca. O garoto surpreendeu-se ao ver por baixo da pele tostada e pregueada de rugas um homem branco que não combinava com a mulatice de Miquimba. Se era de fato irmão do pai, então o sangue negro vinha da mãe, constatação tão óbvia quanto irrelevante. Apresentou-se, o homem ergueu os olhos embaçados por um pterígio progressivo e perguntou se o garoto era o filho do burguês de quem o sobrinho se dizia "irmão".

— Como vou saber?

— Só pode ser — afirmou medindo Julinho —, os amigos de Miquimba não usam meias.

O pescador pediu mais uns minutinhos para concluir os pontos na rede e ao procurar pelo garoto notou-o contemplando o fim de tarde na Lagoa. Emparelhou-se a Julinho e comentou:

— É linda essa senhora, não?

— Nunca a tinha visto desse ângulo — concordou o garoto sem tirar os olhos da paisagem.

— Vivo com ela desde os 8 anos de idade e não canso de apreciar sua boniteza — afirmou nostálgico. — Vamos completar bodas de ouro.

Para Walter Tainha, a Lagoa era uma mulher e tanto. Exaltou suas curvas femininas, sua natureza cordata — "não é de fazer onda" —, sua gentileza com todos que a procuram, mas ressalvou: "à noite ela me pertence". Todos os dias Tainha saía em seu barquinho na escuridão, em busca do que a Lagoa tinha para lhe oferecer e os dois ficavam juntos até as primeiras horas da manhã quando ele a deixava para os remadores, velejadores, esquiadores que repartiam suas águas. Tainha conheceu-a levado pelo pai que fora levado pelo avô, três gerações a testemunharem o envelhecimento da Lagoa que encolhia com o passar dos anos, como as pessoas. Seus dois filhos, crescidos, não se interessaram por seguir a tradição da família, nem ele os forçou, por constatar que as tainhas, paratis, robalos, corvinas já não eram suficientes para encher as redes e os estômagos de todos.

— Com Miquimba tenho pelejado, que ele tem precisão de uma profissão. Mas ele diz que não é da água. Que é do asfalto!

— Nem precisava ser tanto — brincou Julinho.

— E o que ele faz no asfalto? — o pescador perguntou e respondeu: — Fica olhando pro céu, que nem um maluco. Digo pra ele: "Menino, a vida é aqui embaixo e nem adianta olhar pra lá que quando morrer você não vai pro céu". Pensa que ele me escuta? Vive me chamando pra conhecer uma tal de Ursa Maior.

Tainha falava sem interromper suas atividades. Entrou numa das cabanas azuis da colônia, um pequeno espaço que servia de quarto, cozinha, depósito, e Julinho atrás dele observou sobre uma cadeira a pilha de roupas que doara ao mulato.

— A gente não pode deixar o Miquimba entregue à própria sorte, "seu" Walter — disse —, ele é um cara legal, tem qualidades.

O pescador parou de repente no centro da cabana:

— Então não tem? Precisava ver quando o falecido pai, meu irmão, tava vivo, como era um bom menino, respeitador, aplicado nos estudos. Depois ele se perdeu. Largou a mãe, não escuta mais ninguém. Só quer saber de ficar por aí olhando pro céu e fazendo "ganho". Daqui a pouco tá que nem o irmão, matando, assaltando banco, metido em drogas. O irmão sempre foi doido de pedra, mas Miquimba tem ele na conta de um herói.

— Ele... ainda tem jeito...

A frase escorregou reticente dos lábios de Julinho à espera de que o tio lhe acrescentasse a convicção necessária, com um "claro que tem!". Tainha porém limitou-se a uma expressão de descrença. O garoto, num lampejo, compreendeu que Miquimba estava a um passo do ponto sem retorno. Ou ele ou o tio ou fosse lá quem fosse agia rápido ou o mulato se atolaria para sempre no pântano da marginalidade e encontraria seu fim antes que lhe nascesse o primeiro fio de barba.

O sol já se deitava sob as montanhas e Julinho via chegar a hora de se concentrar na missão que, segundo seus exageros, iria mudar o curso de sua vida. Antes de se retirar, perguntou pelo mulato.

— Tem uns dois dias que não vem aqui.

— Se aparecer diga que preciso falar com ele.

E saiu pela ciclovia em marcha batida, na expectativa de ouvir a voz e se possível o coração de Laura.

•

Pelos cálculos do garoto ainda faltavam dez minutos para Laura entrar em casa e ele já experimentava aquele frio na barriga que antecede os momentos decisivos. Romeu deve ter se sentido assim, pensava, antes de se declarar a Julieta. Julinho folheava o livro de citações e provérbios da mãe quando teve a atenção desviada pela proximidade de Lili.

— Vai pra onde, vó?

— O pano verde me espera, *figlio*. Vou prum biribinha sem-vergonha, a valer feijãozinho.

A velha preferia pôquer e com cacife alto, mas para começar, enquanto se enturmava, qualquer coisa servia, "mesmo um joguinho de chá de caridade". Perguntou ao neto como se saíra na conversa com Laura.

— Ainda vai ser — respondeu esfregando as mãos. — Os tambores estão rufando, vó!

— Pois vá com tudo. Não fique prendendo o jogo. Desça as cartas e mostre logo a canastra real da sua paixão.

— Sem saber o que ela tem na mão, no coração?

— Ela está esperando para ver seu jogo — e usando uma expressão do pôquer: — Pagou pra ver!

— Está se referindo à carta?

— A todas as cartas do baralho! Se estiver confiante, dobre a aposta.

— Posso não ter jogo para ganhá-la.

— Então saia da parada! — e voltou para um último aviso: — Você só não pode fazer uma coisa: blefar. Nesse jogo não se blefa.

O garoto apanhou o livro, o telefone sem fio e trancou-se no quarto disposto a conceder mais dez minutos — "talvez ela esteja no banho" — enquanto repassava seu texto, como num ensaio de teatro. Julinho sabia onde morava o perigo: nas muitas possibilidades de a conversa escapar ao seu controle, que Laura, afinal, desconhecia o *script*. O garoto admitia ter um raciocínio lento que se desgovernava toda vez que submetido às pressões do improviso. Começou a entrar numa paranoia de conjecturas sobre as variações do diálogo que quase desistiu da ligação. De repente, deu um pulo, jogou tudo para o alto e teclou os números murmurando: "Seja o que Deus quiser!" Uma voz infantil atendeu e pediu-lhe para aguardar.

— Alô!

— Laura? É o Julinho!

— Oi, Julinho! Tudo bem?

— Agora está melhor.

— Recebeu minha carta?

— Se não tivesse recebido como saberia seu telefone?

— Da mesma forma que descobriu meu endereço.

— É... tem razão.

— Agora não vou poder falar com você. Estou na minha aula de saxofone.

— Ah, sim?... poxa, desculpe... não sabia... não quis interromper.

— Depois a gente se fala.

— Tudo bem, a gente se fala depois.

Tchau, tchau, o garoto continuou por mais alguns segundos ouvindo o ruído do aparelho e em seguida atirou-o na parede. Que bundão! Sentia vergonha de si mesmo, um completo débil mental que só fez cagada, a começar pelo "agora está melhor", dito num tom tão arrevesado que a menina passou direto, como fazia com ele na pracinha. Também ao ouvi-la dizer que estava no meio da aula não precisava enrubescer num constrangimento semelhante ao do dia em que flagrou os pais fazendo sexo. Mas o pior de tudo foi no "depois a gente se fala". Ali o garoto pôde avaliar o tamanho da sua timidez. Em vez de interpelá-la com um "depois quando?" seguro e decidido, concordou docemente tal qual uma vaquinha de presépio.

— Julinho! Tá na mesa!

O garoto não tinha fome, mas se permanecesse sozinho, remoendo seu vexame, seria capaz de enfiar a cabeça no vaso sanitário e puxar a descarga. Chegou à sala e sentou-se tão ensimesmado que Vera e Alberto não puderam deixar de perceber uma nuvem cinza pairando sobre a mesa. A mãe examinou-o por baixo do olho à procura de algum vestígio físico que justificasse o baixo-astral. Não encontrando, esperou pelo desabafo que não veio e então perguntou do seu jeito alarmista:

— Que houve, filho? Que aconteceu?

Julinho respondeu com outra pergunta:

— Existe tratamento para timidez, mãe? Se existe, quero começar um amanhã!

Menos mal que fosse apenas uma crise de insegurança. Vera relaxou e tentou ajudá-lo:

— Sua timidez é normal, filho.

— Não é normal, mãe. Minha timidez é terminal — e brincou mórbido. — Se não me tratar vou morrer de timidez aguda e generalizada.

Talvez essa fosse uma das facetas mais brilhantes do garoto: a capacidade de zombar, de escarnecer da própria desgraça. Descontraiu-se, serviu-se com moderação, a mãe reprovou-o amistosa pela bobagem que acabara de dizer — falar em morte —; o pai deu-lhe um tapinha de estímulo no ombro e, ao ouvirem a campainha de serviço, todos assestaram o olhar na direção da cozinha. Logo Maria despontaria na sala trazendo alguma encomenda, ou a conta do condomínio, ou o aviso de que iria faltar água no prédio. Em seu lugar, porém, surgiu um mulato alto, magro, vestido com as roupas de Julinho.

— Quer falar comigo, Magrão?

9

Vera mediu o visitante inesperado — reconhecendo nele uma velha camiseta do filho comprada na Disney — e torceu o nariz, fungando forte para confirmar o cheiro de peixe que entrara na sala com Miquimba. A mulher nunca estivera tão próxima a um menino de rua, mas não se surpreendia que eles exalassem os mais fétidos odores do submundo.

O mulato deu um passo à frente e estendeu a sacola de supermercado, repetindo o gesto do garoto para ele no hospital: "Um presente do tio, Magrão!" Julinho enfiou a mão e trouxe um peixe pelo rabo, um robalo que parecia se contrair nos últimos espasmos. Agradeceu, entregou-o a Maria, que escoltava Miquimba, e pediu-lhe para botar mais um prato à mesa. Em seguida fez as apresentações.

— Minha mãe, Vera... meu pai você já conhece.

Vera e Alberto exibiram o melhor sorriso que conseguiram arrancar do fundo do constrangimento. Miquimba sentou-se e ajeitou-se na cadeira, empinando o corpo como que à procura da postura socialmente correta. O mulato jamais sentara-se à volta de uma mesa de jacarandá guarnecida por toalha e guardanapos de tecido. Sem nenhuma discrição, sopesou uma colher e admirou-lhe a massa, ele acostumado a garfos de plástico e facas de liga barata, quando não regredia aos ancestrais comendo com as mãos.

— Deve valer uma nota! — comentou.

Vera esforçava-se para aparentar a naturalidade que teria diante de um colega de colégio do filho. Seus olhares, porém, traíam-lhe a intenção, voejando pela sala e voltando sempre a pousar no mulato, tal uma mosca insistente. Nem é de se pensar que a mulher estivesse exercendo algum tipo de fiscalização sobre Miquimba, no suposto de que ele pudesse rapinar algum objeto da mesa. Mas convenhamos que não dava para classificar como corriqueiro o fato de ter um menino de rua, um autêntico menino de rua, jantando em sua casa, e Vera que ouvira tantas histórias sobre eles, que os receava tanto nas calçadas e sinais de trânsito, sentia uma irresistível atração por observá-lo, como a um habitante de outro planeta.

Alberto não compartilhava a mesma curiosidade. Já conhecia Miquimba e a simpatia e descontração demonstradas na cozinha, ao primeiro encontro, dissiparam-se a partir do momento em que Julinho lhe informou da verdadeira origem do mulato. Seu rosto estampava uma acintosa benevolência. Tanto ele como Vera, impossibilitados de abandonarem a mesa, resignavam-se em proceder como dois figurantes sem fala, compondo a cena para o filho, ator principal.

— O tio de Miquimba quer que ele seja pescador!

Julinho lançava seus comentários ao ar esperando estabelecer uma conversa que esbarrava na resistência pacífica e polida de Vera e Alberto. O garoto não se apercebia da fria encenação dos pais e muito menos o mulato que, de cabeça baixa, comia com a sofreguidão de uma última ceia, alheio ao comportamento dos donos da casa. Vera articulou uma pergunta por trás de um sorriso de plástico:

— Você gosta de pesca, Miquimba?

— O mar é pra peixe, tia. Eu boto os bofes pra fora — respondeu de boca cheia.

Vera seguia com os olhos pregados no mulato que empunhava o garfo com a mão fechada ao redor do cabo, chupava o macarrão, ruidoso, e empurrava com os dedos a carne moída que sobrava no canto dos lábios. À mulher causava engulhos observar a ação, conduzida por unhas encardidas e malcuidadas. Miquimba virou mais comida no prato:

— O tio disse que você queria levar um papo, Magrão.

Julinho respondeu-lhe com um "depois a gente conversa" tranquilizador para todos. Aquele não era o momento para anunciar a proposta do pai e o garoto, impressionado com a fome do mulato, preferiu deixá-lo se saciar em paz. Bem que Alberto pensou em tocar no assunto, mas recuou prudentemente sob a sensação de que um faxineiro, limpador de vidraças e piscina, não poderia dividir com ele a mesma mesa.

A família encerrou o jantar e permaneceu algum tempo espectadora do apetite do mulato. No seu derradeiro movimento, Miquimba deslizou um pedaço de pão sobre o prato e após engoli-lo sugou o ar entre os dentes. Ao final deu uns tapinhas na barriga em sinal de satisfação e Vera numa reação reflexa contraiu o rosto esperando pelo arroto, que não veio.

— Tremendo rango, tia!

Vera não ousou dizer aquelas frases que se tornaram apropriadas nessas ocasiões, "está às ordens" ou "apareça quando quiser". O mulato poderia acreditar.

Julinho ergueu-se e, apoiando as mãos na mesa, comunicou animado:

— Agora, quero convidá-los para subir que o Miquimba vai dar uma aula de astronomia.

A reação do distinto público foi decepcionante,

como era de se esperar. O pai alegando a necessidade de ler um relatório da fábrica retirou-se para o quarto. A mãe, menos taxativa, disse que subiria à cobertura depois da novela.

•

Vera não subiu. Terminado o capítulo da novela, recolheu-se ao quarto onde Alberto assistia a uma partida de futebol na televisão. Recostou-se na cama ao lado dele e permaneceu calada à espera de que o marido chutasse a primeira bola da conversa. Na verdade, nem precisavam dizer nada, que o silêncio que se estabeleceu entre eles já continha uma concordância tática: estavam chocados e confusos com a nova amizade do filho. Julinho conseguira provocar um choque de vários volts ao pedir abrigo para Miquimba, mas somente quando a figura do mulato materializou-se na sala é que eles perceberam a intensidade da descarga elétrica.

Alberto baixou o som do televisor e deu o pontapé inicial:

— Eu não entendo! A gente educa um filho nos melhores colégios, cerca-o dos maiores cuidados, carinho, atenção, conforto e para quê? Pra ele acabar amigo de um marginal!

— É só um menino de rua, Alberto — tentou amenizar Vera.

— Não faz diferença. Pra mim todo menino de rua é marginal. Ele pode não ter roubado, nem assaltado, nem traficado drogas, mas é apenas uma questão de tempo.

— Oh, meu Deus! Será que esse Miquimba usa drogas?

A mulher contorcia os dedos entrelaçados em visível estado de tensão. Alberto procurava manter o controle.

— No mínimo cola de sapateiro, Vera. Todos esses meninos cheiram...

— Fico tão perdida — choramingou ela. — Não sei como lidar com essa situação.

— Eu não sei é o que o Julinho pode ter em comum com esse moleque.

— A idade, talvez.

— Ora, Vera, deixa de dizer besteira. Tem tanto gari aí da minha idade e não tenho nada a ver com eles.

Vera conjeturou que eles podiam ter se aproximado pelas diferenças e não pelas semelhanças. Uma mulher acostumada a frequentar divãs de psicanalistas acaba se habituando a dar suas interpretadas. Para ela, a insegurança e a timidez confessa do filho encontraram sua compensação no arrojo com que Miquimba sobrevivia ao grito da rua. Não passou longe da verdade, mas Alberto, pragmático, não estava interessado em avaliações psicológicas. Queria encontrar uma saída por onde Julinho pudesse escapar das influências nocivas do outro, "antes que seja tarde demais".

— Já estou arrependido de ter proposto a faxina...

— Isso só vai aproximá-los mais — lastimou-se Vera. — Que vamos fazer, Alberto? Não podemos proibir Julinho de estar com ele.

— Vou ter uma conversa com ele — decidiu o pai.

— Ele quem, Alberto?

— Quem, Vera? Quem? — e sublinhou: — Com nosso filho!

— Vê lá como você vai falar — gemeu. — Esse menino é tão ingênuo, minha Santa Mãe do Céu!

— Vou ser muito franco. Vou dizer que essa amizade vai lhe trazer problemas. A gente tem que fazer amigos no nosso meio. Gente do nosso nível.

Vera não prestava mais atenção nas palavras do marido e atropelou-o com um rasgo de dramaticidade exemplar:

— Onde foi que nós erramos, Alberto?

Alberto arqueou o sobrolho, lançando um olhar crítico à mulher e, em vez de responder, aumentou o volume da televisão.

•

Enquanto Alberto e Vera desfiavam apreensões, acima de suas cabeças Julinho ouvia Miquimba, os dois deitados no piso de ardósia, que preferiram às espreguiçadeiras. Na chegada à cobertura, o garoto fez questão de apresentar a vista — cinematográfica para muitos — ao amigo que se impressionou, isso sim, com o espaço livre — "Dava pra levantar uns vinte barracos aqui!" —, com a piscina àquela altura e com a sauna, cujo prazer e finalidade permaneceram indecifráveis para ele — "Vocês se metem aí dentro pra suar?". Diante do deslumbrante cenário da Lagoa, o mulato reagiu sem interjeições nem superlativos.

— É igual à vista lá do morro — murmurou ele olhando para cima —; até as estrelas são as mesmas. Olha ali a Vega!

Julinho mantinha os braços cruzados sob a nuca acompanhando o dedo de Miquimba a riscar o céu de um lado para o outro, como que verificando se não faltava nenhuma estrela. Apontou para Spica e o garoto perguntou "onde?", que é impossível identificar de cara uma estrela indicada por outro.

— Aqui, bem a leste. É a alfa da constelação de Virgem.

— Spica na Virgem? — sorriu o garoto, malicioso.

— A estrela alfa é sempre a mais brilhante das constelações — continuou o mulato parecendo repetir as frases da professora Lurdes. — A alfa da Ursa Maior chama Dubhe.

— Onde?

— Não dá pra ver daqui. Só quando o Cruzeiro do Sul tá bem em cima da cabeça da gente é que dá pra sacar uma ou duas estrelas. Mas a Ursa Maior tem 22 estrelas, cara!

Julinho dava corda à conversa como prova de amizade. Não tinha nenhum interesse pelas estrelas e só olhava o céu para saber se ia dar praia, mas concedia em ouvir o mulato por perceber a satisfação com que ele "caminhava entre suas amigas". Aquele era um momento solo do mulato e o garoto gostava de vê-lo exercitando os acordes de sua autoestima. Miquimba transformara seus conhecimentos acerca do mapa celestial do Rio de Janeiro numa espécie de número de mágica; um coelho que tirava da cartola para surpreender as pessoas, ganhar-lhe a admiração e, se possível, algumas moedas. Vez por outra trocava o nome das estrelas, enganava-se quanto às constelações, mas que importância tinha isso num menino de rua que não tendo onde cair morto se empenhava em desbravar o firmamento?

O interesse de Julinho estava por ali mesmo, ancorado em terra firme. Queria saber mais do cotidiano do amigo que levava uma vida bandoleira sem lei, sem ordem, sem horários, sem deveres de casa; um passarinho equilibrando-se sobre os fios de alta tensão da cidade grande, a sobreviver de migalhas, pronto para desaparecer sem deixar rastros nem saudades. Miquimba não era nada, ninguém, não constava dos censos, das pesquisas de opinião, dos anuários estatísticos, não entrava sequer na relação dos inadimplentes; apenas um pontinho, um número talvez, sem brilho no majestoso universo da civilização pós-moderna. O garoto aproveitou-se do emudecimento momentâneo do mulato e botou o papo no chão:

— Você ainda vai daqui pra Madureira?

— A gente se mandou de lá, cara. Não dá pra baixar muito tempo no mesmo lugar que o bicho pega. Agora tamos na Cinelândia.

— É melhor?

— Melhor pra quê, sangue bom? Nessa vida não tem melhor nem pior. É o que der. A gente vai pra onde sopra o vento. Na Cinelândia dá pra fazer um ganho, levantar um troco com as estrelas, descolar uma quentinha.

— Então tá melhor pra vocês!

— Só que o centro da cidade é uma guerra, mermão.

Miquimba desfez-se do ar vaidoso com que discorria sobre as estrelas e passou a contar da batalha campal que se instalava no centro do Rio depois que as lojas cerravam suas portas, os escritórios apagavam suas luzes e os ônibus carregavam os últimos retardatários. Os "ratos" vão saindo dos bueiros, botando a cabeça pra fora aqui e ali, misturando-se ao lixo que parece se multiplicar no vazio das ruas, e têm início os primeiros movimentos de uma guerra suja pela posse da melhor calçada, da maior marquise, do lixo mais rico em sobras e papelão. Mendigos, loucos, meninos de rua, catadores de papel e uma legião de pobres-coitados que, sem dinheiro para retornar todos os dias à casa lá onde o vento faz a curva, se recolhem pelas sombras da noite.

A lei dos homens de bem, que negociam seus milhões à luz do dia, abre alas para as regras de sobrevivência dos deserdados. Artigo primeiro: nenhum estranho está autorizado a se aproximar dos grupos desconhecidos ou, como diz Miquimba, "quem não conheço é meu inimigo". Artigo segundo: a ninguém é permitido dormir pesado. Parágrafo: o sono deve ser leve e superficial para permitir uma reação rápida diante do inimigo que espreita sem hora para atacar. Em muitos bandos, os meninos de rua amarram-se uns aos outros para dormir ou, quando sozinhos, recolhem-se ao "telhado" das bancas de jornal. Artigo terceiro: é expressamente proibido o uso de armas de fogo. Descartando-se a hipótese de respeito à lei do silêncio, fica a suspeita de que se trata de um acordo entre as tribos para não chamar a atenção da polícia. Parágrafo: somente será permitida a utilização de armas tais como facas, clavas, porretes e estiletes. Artigo quarto: ninguém será poupado, seja velho, mulher ou criança.

— Quem marca bobeira se ferra, mermão!

O garoto mantinha os olhos fixos em Miquimba, sentindo-se envolvido pela narrativa de um filme sobre as sociedades secretas mais arcaicas. Custava-lhe acreditar que o centro financeiro da segunda cidade do país regredisse à pré-história do dia para a noite, literalmente.

— Ninguém acredita, Magrão. Tem que ver! Tem uma galera de pivetes que se despenca da Central do Brasil na madruga, que sai arrastando tudo que encontra pela frente. É um "bonde", como a gente chama. Ontem eles levaram nossas panelas, quentinhas, cobertores... os caras pensam que são os bambambãs, mas se pintarem no pedaço hoje a gente vai cair de porrada em cima deles.

Miquimba meteu a mão no bolso traseiro da calça, pegou um canivete de mola e soltou a lâmina a um palmo do rosto do garoto. "Vai correr sangue, cara!" Julinho empalideceu na voz do mulato rosnando como um cão raivoso. Recuou a cabeça e procurou algo para dizer, mas tudo lhe pareceu sem sentido. Dizer o quê? Pedir para que evitasse a violência seria como aconselhar um soldado a ir à luta desarmado. No território das trevas, *violência* é mais que uma rima para *sobrevivência*.

— Vou ralar, Magrão — Miquimba pôs-se de pé. — Vou dar uma passada no tio, botar meus trapos e pegar uns porretes que guardo com ele. Qual era o papo que você queria levar comigo?

— Esquece. Nada importante — e erguendo-se também. — Toma cuidado, cara!

— Deixa comigo — e com o orgulho recuperado —, eu sou guerreiro!

No hall de serviço, o guerreiro que tinha medo de elevador desceu pelas escadas. Julinho fechou a porta e abriu o coração para ouvir a voz de Laura repetindo-se ao telefone. Pensou em ligar no dia seguinte, mas ele se conhecia o bastante para saber que, se Laura novamente não pudesse atendê-lo, não teria coragem de chamá-la pela terceira vez.

Talvez fosse melhor dar um tempo.

10

O bonde estava a caminho. Os pivetes ainda vinham longe na sua correria desembestada, mas seus uivos prolongados já rasgavam o silêncio da madrugada na Cinelândia.

Aos primeiros sons, Miquimba, em vigília, despertou os meninos e todos conhecendo suas tarefas passaram a agir de acordo com o plano previamente traçado para surpreender o inimigo. Recolheram suas latas, tralhas, restos de comida, e foram se ocultando nas saliências dos prédios, ajudados pelo breu da ruela. Miquimba acendeu um isqueiro sinalizando aos mendigos agrupados do outro lado da Cinelândia, nas muretas da Biblioteca Nacional. No meio da praça, alguns maloqueiros se cruzavam em pânico, à proximidade do bonde do mal, sobraçando seus pertences, à procura de um refúgio seguro.

Os gritos encanaram na rua estreita, percorreram a lateral do Teatro Municipal, atravessaram as escadarias da Câmara dos Vereadores, dobraram a esquina escura e emudeceram, surpresos, diante das folhas de papelão desertas. Enquanto o silêncio tomava fôlego, os gritos mudaram de lado: Miquimba e os meninos saltaram das sombras brandindo seus tacapes e avançaram para cima do bonde. Numa reação de defesa, os pivetes tentaram recuar e se viram encurralados pelos mendigos que chegavam pelo outro lado. O pau comeu!

Uma cena das primitivas batalhas campais, onde todos se batiam, se atracavam, rolavam pelo beco entre berros, palavrões, gritos de dor. Havia que se distinguir muito bem os aliados para não agredi-los debaixo daquele negrume que não reconhecia caras nem cores. Em meio à pancadaria desenfreada já assistida e estimulada por um animado público de bêbados, travestis, prostitutas, sobressaía a figura esguia de Miquimba com um porrete e um canivete nas mãos.

O mulato girava as pernas no ar, a pular de um lado para o outro, enfrentando seus adversários diretos e correndo a socorrer os companheiros mais fracos — havia duas meninas no grupo — das surpresas de um golpe fatal. Numa dessas pernadas em socorro a Zezé, uma das meninas, Miquimba desequilibrou-se e foi ao chão diante de dois pivetes. Ao tentar pegar sua lâmina, um pivete pisou-lhe o braço, o outro montou sobre o corpo indefeso e ergueu o porrete seguro com as duas mãos. Antes, porém, que pudesse descê-lo no meio da testa do mulato, tombou de lado atingido por dois tiros.

Foi como se tivesse soado um cessar-briga: imediatamente os grupos interromperam suas ações e saíram em debandada, assustados com a presença da arma de fogo, uma flagrante violação às convenções de Genebra dos maloqueiros. Em poucos minutos surgiram os carros da polícia cercando a área, seus ocupantes perseguindo os fugitivos numa correria de gato e rato. Confirmava-se assim que os tiros — que ecoaram por toda a cidade — sempre foram evitados nos conflitos territoriais para não atrair as forças da lei. Quase todos os guerrilheiros escaparam embrenhando-se pela selva de concreto, mas um dos pivetes preso, ao ser apertado pelos policiais para informar o autor dos disparos, respondeu na bucha:

— Foi o Miquimba!

Uma maloqueira, espectadora do conflito, confirmou:

— Foi o Miquimba sim!

Os habitantes noturnos do Centro precisavam encontrar rapidamente um culpado para se livrarem da ameaça policial e não pestanejaram em entregar o mulato que mal se mudara com seu grupo para a Cinelândia e já desestabilizava a convivência precária dos despossuídos. Um outro mendigo deu detalhes:

— Foi o Miquimba. Vi ele escapando por ali com um tresoitão!

— Foi o Miquimba — disseram todos em coro.

O mulato não foi encontrado no viaduto de Madureira, nem no casebre do tio pescador, muito menos na casa da mãe, no morro da Mineira. Os policiais da Delegacia de Proteção do Menor e do Adolescente, porém, estavam decididos a enquadrar seu velho conhecido. O tiro que Miquimba não deu deixou o pivete paraplégico.

•

Julinho pretextou uma incontrolável dor de barriga, abandonou as aulas e foi cercar Laura na saída do seu colégio. A pausa que pretendia dar no assédio à menina durou exatamente uma noite de sono maldormida.

O garoto, a princípio, planejou abordá-la de cara. Ela sairia pelo portão e o veria ali, plantado feito uma sentinela. Depois, convocado por sua timidez, resolveu considerar algumas variáveis à volta de sua decisão. E se ela surgisse no meio de uma patota? Para ele já era difícil conversar com Laura a sós, que dirá com uma penca de coleguinhas a seu redor! E se ela estiver com pressa, pedir desculpas, bater em retirada e "me deixar falando sozinho"? Pensando bem, Julinho achou mais seguro aguardá-la do outro lado da rua, atrás de uma árvore, como um franco-atirador.

Os espíritos críticos e criativos enredam-se com facilidade num novelo de dúvidas e questões, produto de uma imaginação delirante, que lhes embaraça a vida e dificulta a ação prática. Na sua espreita, Julinho não parecia satisfeito com as poucas incertezas e se perguntava se Laura iria reconhecê-lo de pronto, ela que o viu apenas por alguns segundos da varanda do apartamento. Convinha lembrar também que a menina poderia deixar a escola e entrar direto num carro ou — suprema falta de sorte! — poderia não ter ido à aula. As hipóteses rondavam tal uma patrulhinha as expectativas do garoto que, não por acaso, apostava nas mais pessimistas.

Saída de escola é um alegre estouro de boiada. A garotada sentindo-se liberta do aprendizado compulsório e da disciplina escolar lança-se à rua de pilha nova, buliçosa, gesticulante, misturando-se às mães, empregadas, motoristas, ambulantes numa zoeira de congestionar o trânsito. Os alunos desaguavam em ondas na calçada e Julinho conferia de longe, conformado com a ideia de que Laura seria a última a sair. Se saísse!

A menina porém não demorou a despontar. Vinha com um fichário, como as alunas de antigamente, encaixado no braço e apoiado na cintura, o que lhe conferia uma elegância superior às suas coleguinhas de mochila nas costas. O garoto recuou seu corpo magro, alinhando-se à árvore, e viu Laura se despedindo das colegas para descer a rua, sozinha. Os ventos do destino sopravam a favor: não havia tempo a perder.

Julinho arrancou lépido para a travessia, mas com o sinal aberto para o trânsito ficou bloqueado no meio da rua entre carros e coletivos que desciam e subiam o Cosme Velho. Por um instante um ônibus parou à sua frente encobrindo-lhe a visão de Laura. Após um ligeiro vacilo, Julinho contornou-o e ao botar os pés na calçada viu Laura aninhada nos braços de um cara que não a beijava de modo fraternal. O garoto nem quis olhar duas vezes: girou nos calcanhares e saiu apressado na direção de lugar algum.

•

Lili estava à vontade diante dos refletores, concedendo entrevista a uma emissora de TV. Apesar de seu longo sucesso no exterior, apesar de cantar com a mesma desenvoltura em francês, alemão e italiano, apesar de seus agudos chegarem ao fá superagudo, apesar de ter o nome incluído entre as maiores sopranos de "coloratura", Lili Ferrucci desembarcou no Brasil anônima como um oficial de chancelaria. Não emitiu uma única nota para chamar a atenção da mídia. Acomodou-se na casa do filho e foi reorganizando a vida em harmonia com a fruição da idade: récitas, teatros, consultas médicas, caminhadas na Lagoa e jogo, muito jogo que ela não se separou do pano verde nem quando recebeu um ultimato do seu quarto marido, um barítono sueco: "Ou eu ou o jogo!"

— Quer decidir nas cartas? — reagiu ela, irreverente.

O carteado colocou-a diante de amigos antigos, apresentou-a a novos parceiros e ampliou seu círculo de conhecimentos pessoais. Assim, era inevitável que a notícia do seu retorno, mais cedo ou mais tarde, caísse na rede de informações de algum colunista de jornal. Bastou uma notinha de seis linhas para que a imprensa se alvoroçasse à cata desta "diva do canto lírico que entrou para a história do Covent Garden de Londres ao ser chamada à cena oito vezes depois da apresentação de *Madame Butterfly*.

A velha relatava o episódio, manchete de todos os jornais londrinos, quando Julinho entrou em casa juntando os cacos do seu coração. Dirigiu um cumprimento vago ao pessoal da técnica, acenou sem ânimo para a vó e passou direto para o quarto, como se fosse de rotina ter a sala do apartamento transformada em estúdio de televisão. Sem perder o fio da meada, Lili acompanhou-o com os olhos e percebeu-o em estado de calamidade pública, ou privada.

Julinho era um ser em ruínas. Sentia-se como se tivesse pilhado a namorada traindo-o com outro homem e amaldiçoava-se por não ter seguido seu impulso de dar um tempo. Bem que sua avó alertou-o sobre a possibilidade de Laura estar apaixonada por outro. Agora compreendia tudo, foi preciso levar um direto no queixo para entender a razão daquele bilhetinho inexpressivo. Ela apenas não quis deixá-lo sem resposta, uma deselegância, e ele não quis enxergar que não havia uma palavra a mais do que exigia a boa educação. Pulou da cama e saiu abrindo gavetas até encontrar a carta. Segurou-a com menosprezo, disposto a rasgá-la em mil pedaços, quando a mão de Lili interceptou-o: "Não faça isso, *figlio*!"

— Não quero mais saber, vó — opôs-se indignado.

— Você não está em condições de saber de nada agora. Sua cabecinha é um celeiro em chamas. Coloque a carta na última gaveta, embaixo de tudo, esqueça-a, mas não rasgue. Não se destrói nada da mulher amada.

— Ela não é mais amada.

— Mas quando voltar a ser...

— Nunca! Nunca!

— Nunca é um lugar que não existe — e estendeu a mão. — Me dá... eu guardo.

Sentou-se na cama e chamou o neto para perto. Retirou delicada a carta das mãos dele e perguntou pelas razões daquela tormenta.

— Ela tem namorado, vó!

Lili sorriu, um sorriso desdenhoso de *Manon Lescaut*.

— E daí? Só você não sabia! Acha que ela estava por aí feito uma menor abandonada? Ó, *figlio*! Ela não apenas tem namorado, como deve haver uma fila de Julinhos atrás dela. Quer apostar? Boto todas as minhas fichas.

Julinho mantinha-se dobrado, os cotovelos sobre os joelhos, a cara enfiada entre as mãos:

— Por que ela não me disse logo?

— Porque você não perguntou.

O garoto lembrou que ao escrever a ela pensara em perguntar, mas recuou com medo da resposta: "Sim, tenho namorado". O medo é o caminho mais seguro para atrair tudo o que tememos, recordou a frase do livro de citações da mãe. Talvez isso explique os três assaltos, talvez explique também os contínuos desacertos com Laura, a carta, o telefonema e este "flagrante mortal" na porta do colégio.

— O cara é um tampinha. Usa brinco, rabo de cavalo — comentou despeitado, voltado para seus próprios infortúnios. — Que mico, vó! Parece uma maldição. Nada dá certo comigo!

— Você está sendo tão dramático quanto sua mãe — e procurou consolá-lo. — Você está apenas começando, *figlio*. Ainda vai encontrar muitas Lauras pela vida.

— Não igual a ela.

— O que você sabe sobre essa menina? Ãh? Não trocou meia dúzia de frases com ela. A Laura que você recriou em suas fantasias não existe. Você endeusou-a, e nós não fomos feitos para lidar com os deuses! Despeje-a do Olimpo e tente enxergá-la como uma pobre mortal, com manias, defeitos e namorados. Vai ver como tudo ficará mais fácil.

— Nem pensar, vó. Pra mim acabou. Não quero mais saber dela.

A velha empertigou-se:

— Você é quem sabe — e saiu em passos firmes para seu joguinho vespertino.

Julinho permaneceu imóvel, experimentando uma grande confusão mental e emocional. Queria encontrar um culpado em quem despejar sua ira e as preferências recaíam naturalmente sobre Laura que lhe implodiu os sonhos. Mas, pensando bem, a menina fora de uma retidão exemplar nos dois contatos e não poderia ser inculpada, pois que nem de longe desconfiava ser a dona da chave, das trancas e do cadeado do seu coração. Também o rapaz não tinha culpa de ser baixinho e muito menos de ter levado a mão da princesa sem pedir licença. Dos três personagens desta tragédia, que se desenrolava nos sentimentos do garoto, o mais próximo da culpa era ele mesmo, que se atirou às cegas atrás da menina. Julinho, no entanto, não suportaria sentar-se no banco dos réus do seu próprio tribunal. Bastavam-lhe as dores de ver sua paixão nos braços de outro. Pediu silêncio às suas vozes interiores e cancelou o julgamento.

Decidido a não procurar Laura nunca mais, nem que ela lhe peça de joelhos — e que joelhos lindos! —, o garoto reagiria à prostração ligando para o amigo Bernardo que nos últimos dias o chamara duas vezes da Cidade do México. Antes que pudesse passar do pensamento à ação, Maria apareceu na porta do quarto:

— O porteiro disse que tem um garoto lá embaixo querendo falar com você.

Miquimba era o retrato perfeito de um refugiado de guerra: olhos injetados, olheiras profundas, as mãos trêmulas, sua mulatice empalidecera, o bermudão rasgado na costura, a camiseta toda retalhada e os tênis, como tudo mais, respingados de sangue.

— Os homens estão na minha captura! — pela primeira vez Julinho percebeu o medo expresso na cara do mulato. — Me deduraram. Disseram que atirei num pivete, mas eu não uso berro. Alguém atirou nele...

O mulato mostrava-se mais decaído do que no hospital. Lá, apesar dos inchaços e hematomas, Miquimba preservava sua alma guerreira, um olhar zangado e desafiador. Ali, na frente de Julinho, mesmo sem marcas no corpo, trazia a expressão assustada das raposas perseguidas nos campos de caça. Ele também tinha seus medos, que só não eram muitos por lhe faltar a consciência do perigo. No mais das vezes, Miquimba era o próprio perigo.

— Me dá guarida, Magrão? Posso ficar aqui?

O olhar suplicante apressou a resposta:

— O tempo que for preciso.

— Numa boa?

— Numa boa.

— E seus velhos?

— Deixa que eu me entendo com eles.

Miquimba pediu algo para comer, uma banana, um pedaço de pão, qualquer coisa que acalmasse seu estômago roncando feito cuíca. Julinho mesmo foi à cozinha, evitando pedir a Maria, que não era paga para servir a meninos de rua. A empregada rondava os dois, a distância, observando gestos e palavras para, mais tarde, contar tudo à patroa. O garoto conhecia, desde que nasceu, a vocação de Maria para mexericos e, por isso mesmo, ao voltar à sala, tirou Miquimba todo sujo do sofá e levou-o para as cadeiras de ferro da varanda.

Enquanto comia, o mulato satisfazia a fome de curiosidade de Julinho quanto à guerra sem vencedores na Cinelândia. Ele não tinha ideia de onde partiram os tiros que lhe salvaram a vida, mas, seja lá quem tenha puxado o gatilho, a providência veio das estrelas. Contou que caído no chão, entregue, sem defesa, olhou para o céu e viu Arcturus — a que chama de Artur —, alfa de Boieiro, piscando para ele no ritmo dos estampidos. Sabe o que significa Artur, Magrão? Guarda da ursa. Julinho ouviu-o sem interromper e não entendeu como Miquimba, um dos primeiros a debandar, tomou conhecimento da polícia à sua procura.

— Uma patrulhinha lá no Juramento bateu pra mim.

— A própria polícia disse que a polícia estava atrás de você? Como é isso, cara?

— Tem muito policial gente fina, mermão. Esse é meu chapa. Antigamente eu fazia uns ganhos pra ele e ele aliviava minha barra.

Miquimba coçava os olhos avermelhados e sonolentos, a lhe conferir um ar de drogado. Relaxado após comer e tomar um banho morno, começou a sentir o peso do cansaço a lhe arriar as pálpebras. Tudo que o mulato queria era puxar um ronco. Julinho estendeu um colchonete sobre o estrado do quartinho e ofereceu-o: "Vai fundo, cara!"

— Tem um cobertor dando sopa aí, Magrão?

O fim de tarde quente, amormaçado, não combinava com cobertas. Para um menino de rua, no entanto, o cobertor não tem nada a ver com os termômetros da cidade. Naquele momento ameaçador, a malha lhe dava o sentido e o conchego da proteção. Cobriu-se, fechou os olhos e encolhendo-se na posição fetal exalou um longo gemido.

Julinho fechou a porta, cuidadoso, e retornou à varanda enquanto um carro da PM cruzava a Lagoa com a sirene a todo volume. Jogado na cadeira, com as pernas esticadas, ocorreu ao garoto pensar no dia a dia do mulato. Ele acorda e faz o quê? lava o rosto? escova os dentes? Uma coisa é certa: não muda de roupa, que só deve ter visto pijama em vitrine. Talvez saia logo à caça de comida, um café requentado, um pão dormido oferecidos pela balconista da lanchonete. E depois? Um dia inteiro pela frente sem agenda a cumprir, sem compromissos a saldar. Incorpora-se ao cardume e todos se botam em movimento no aquário de asfalto, peixinhos pequenos, cuidando-se para não serem engolidos por piranhas e tubarões, sempre por perto. Nos tempos do tráfico e das aulas da professora Lurdes, Miquimba ainda seguia em alguma direção. Agora caminha sem rumo, improvisando a vida e fazendo das oportunidades que surgem nos seus deslocamentos a garantia de mais um dia.

Miquimba não tem férias, nem fins de semana, nem dias santificados. Não tem armários, nem mesinhas de cabeceira, mas em algum ponto da cidade há um buraco, um esconderijo onde guarda os ossos que lhe são caros: uma foto amassada dos pais, uma bala do fuzil AR-15 do irmão, um carretel de soltar pipa, a carta celeste do Rio de Janeiro e um caderno espiral com uma lista de nomes de estrelas e constelações. Teve ainda um dente de ouro tirado diretamente da boca de um bicheiro morto e que lhe foi roubado. Teve também um relógio de bolso, dos antigos, que afanou de um gringo em Copacabana e vendeu por uns trocados. De que serve um relógio para Miquimba? Ele nunca se atrasa. Na sua vida só há duas horas: as do dia, sem estrelas, e as da noite.

O céu era seu porto seguro. A única certeza do mulato, se chegar vivo ao final do dia, é a de que suas amigas estarão aguardando-o para um diálogo mudo e cintilante. Há uma relação de prazer puro e simples entre Miquimba e as estrelas, mas nem precisaria ser um dos psicanalistas de Vera para detectar por trás disso um processo de sublimação. A escolha da Ursa Maior não decorre apenas do nome — maneiro, como ele diz — senão da distância que a constelação guarda deste planetinha, distância bem maior do que o Cruzeiro do Sul, uma cruz sobre sua cabeça.

Julinho conferiu as horas, observou as estrelas começando a ocupar o palco da noite e pensou que logo a família estaria em casa e ele precisaria encontrar as palavras certas para dizer sobre a presença de Miquimba. Por ironia, os pais que rechaçaram a permanência do mulato por ser um menino de rua teriam que aceitá-lo agora no papel de fugitivo da lei. Não passava pela cabeça do garoto a hipótese de devolver o amigo à rua, não naquele momento em que a perseguição ainda levantava poeira. Alberto surgiu na varanda sacudindo o chaveiro.

— Filho, que bom vê-lo em casa. Precisamos ter uma conversa.

— Sobre?

— O Miquimba!

O garoto, rápido, recuou o time e aguardou o pai na defesa. Alberto acomodou-se e sorrindo, para sinalizar ao filho de que se tratava de um diálogo amistoso, foi ao século XIX para iniciar a conversa. Citou um famoso filósofo, Karl Marx, explicou as classes sociais e informou que, apesar de elas se entrelaçarem na vida produtiva, seus representantes não se misturavam socialmente. Alberto parecia ter consumido o dia na fábrica preparando a explanação que fluía clara, didática, definitiva. Deu um exemplo: "Você acha que posso ser amigão do porteiro, conviver com ele, convidá-lo a jantar à minha mesa?" Julinho ouvia com atenção aguardando o desembarque de Miquimba na história. Não demorou muito.

— Me diz, filho. Por acaso você e Miquimba pertencem à mesma classe social?

— Bem, pai, nós somos jovens...

— A juventude não é classe, filho. Algum dia ela acaba e vocês se tornarão adultos. Permanecerão amigos?

— Não sei pai, não pensei nisso.

— Pois pense. A vida não é só aqui e agora. Ela é um projeto antes de tudo. Você sabe que vai fazer vestibular, se formar, trabalhar, constituir família... e o Miquimba? Qual o projeto dele?

— Acho que é... continuar vivo.

— Isso faz uma enorme diferença. Vocês não têm nada em comum. Absolutamente nada. Ele é apenas um menino de rua, sem projetos, sem princípios, sem futuro.

— Não podemos ajudá-lo a encontrar um futuro?

— Sim, claro, e estou disposto a fazê-lo. Como você também está. Só que seu empenho em ajudar confunde-se perigosamente com amizade. Já pensou como ele vive longe dos seus olhos? Se não trabalha e não tem quem o sustente? Pense bem. Sei que tem pena dele, mas eu e sua mãe pedimos a você que se afaste desse menino ou vamos ter muitos problemas pela frente. Ouça a voz da experiência.

As palavras do pai batiam nos ouvidos de Julinho como o martelo na bigorna. Vinham com uma precisão metalúrgica, deixando o garoto sem saber o que dizer, tanto pelo respeito à autoridade paterna quanto pela total incapacidade de formular argumentos. O pai perguntou se ele havia falado com Miquimba sobre a faxina doméstica.

— Não tive coragem.

— Ótimo, então não diga nada. Não é a melhor solução. Eu e sua mãe pensamos em enviá-lo a um reformatório pagando todas as despesas. Vai ser bom para ele, você poderá visitá-lo e no futuro poderemos arranjar-lhe um emprego na fábrica com carteira assinada e tudo. Converse com ele e se ele aceitar deixa que eu cuido de tudo.

Alberto sentia uma especial e verdadeira satisfação por encaminhar um desfecho generoso para o caso. Julinho admitiu que um reformatório seria melhor do que limpar vidraças, mas preferia deixar para o pai a iniciativa de consultar o mulato.

— Claro. Posso falar. É só você trazer ele aqui!

— Ele já está aqui, pai.

— Aqui? — revirou a cabeça. — Aqui em casa?

— Tá dormindo no quartinho de serviço — fez uma pausa e disparou: — A polícia está atrás dele.

— O quêêê?!?

A exclamação de Alberto explodiu na cara do garoto.

11

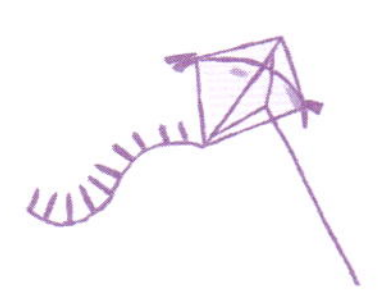

Lili Ferrucci não tinha mais sossego, elevada à condição de patrimônio da cultura nacional. Tornara-se uma personalidade pública requisitada para declarações e entrevistas sobre os mais variados assuntos, do aborto à globalização da economia. Seu nome fora incluído na mala direta dos divulgadores e ela atendia, com uma disposição invulgar, aos convites, não se negando nem a participar de um júri de programa de auditório. A exposição da velha à mídia, no nível de uma artista popular, era surpreendente para um país que não valoriza o canto lírico.

Carregada de compromissos, Lili manteve suas caminhadas matinais pela Lagoa — sagradas, segundo ela —, mas se viu na contingência de reduzir o espaço do jogo na sua vida. O compromisso mais recente assumiu com a prefeitura, que decidiu homenageá-la na abertura da temporada oficial de ópera. Ao final de *Aída*, que tantas vezes representou, Lili seria chamada ao palco para receber uma placa comemorativa e o reconhecimento público da cidade.

A velha andava pela área de serviço empunhando um telefone sem fio e cuidando dos detalhes finais de sua participação; informava o nome de mais alguns convidados que iriam retirar os ingressos na bilheteria.

— Quero todos nas filas "E" e "F" — ordenou, na certeza de que seria atendida.

Sentado no chão da área, Miquimba observava a desenvoltura da velha, ele que adorava falar ao telefone, mas não tinha para quem ligar. O mulato, acolhido, adotara uma postura subalterna e se entretinha passando graxa nos sapatos da família enfileirados à sua frente, lembrando os tempos em que levantava um troco como engraxate de rua. Lili desligou o aparelho e voltou-se para ele:

— Você também vai, Miquimba!

— Legal, tia. Você vai cantar *rap*?

— Ópera! Sabe o que é ópera? — e enunciou uma definição que a divertia repetir: — Ópera é um espetáculo em que um personagem leva uma facada nas costas e ao invés de morrer, canta. Conhece o Teatro Municipal?

— Aquele da Cinelândia? Só de fazer xixi nas paredes.

A velha soltou uma sonora gargalhada e abriu os pulmões cantando o trecho da ópera de Verdi — Aída entoando sua prece — que pretendia reproduzir na homenagem. Miquimba ouviu-a imóvel, escova na mão, olhos arregalados, impressionado com o volume daquela voz. Ao término, bateu palmas e encolhendo o nariz disse a Lili:

— Acho que não curto muito ópera não, tia.

Miquimba estava havia mais de uma semana sem sair de casa e o medo inicial dava lugar à inquietação do pássaro engaiolado. Para passar o tempo, dedicou-se a alguns afazeres domésticos solicitados à família por iniciativa própria: regava as plantas, lavava as vidraças, limpava a piscina e divertia-se no terraço soltando a pipa que produziu com o material comprado por Julinho. À noite, dedicava-se aos estudos que o garoto lhe impusera, pelo menos duas horas de atenção aos livros e exercícios. Somente depois de anotar os deveres, o mulato ia ao encontro das estrelas, mais próximas depois que o amigo presenteou-o com uma pequena luneta. Encantava-se descobrindo estrelas duplas, impossíveis de serem vistas a olho nu, e por várias vezes dormiu no chão de pedra da cobertura, enrolado em seu cobertor.

Julinho teve que jogar duro para que os pais aceitassem guardar o mulato por uns dias. Vera chegou a sugerir um plano de fuga para se ver livre do inconveniente agregado: eles lhe dariam um dinheiro, colocariam-no num ônibus e o despachariam para o sítio de uma prima em Paraty, onde estaria livre da ação da polícia. Quem sabe Miquimba não se interesse pelo campo, onde há mais estrelas, e vira agricultor?, concluiu ela, provocando risos no tenso Alberto. O pai tinha uma proposta mais realista: faria contato com uma autoridade competente e negociaria a transferência de Miquimba direto de sua casa para um centro de recuperação de menores.

Os dois empenharam-se para se desembaraçar do mulato, que Vera perturbava-se com a visão de sua casa invadida por um punhado de brutamontes da polícia. Por sua vez, nada preocupava mais Alberto do que vir a ser acusado de dar proteção a um criminoso, que ele não iria poder dizer: "Não tenho nada com isso, falem com meu filho!" Julinho porém resistiu bravamente, apoiado num argumento que lhe parecia determinante: "E se ele sair daqui e for morto?" O imperativo moral era forte, mas os pais só balançaram e se renderam diante da ponderação precisa de Lili numa conversa a três:

— Não é melhor ter o Miquimba aqui, sob nossas vistas, do que ter Julinho na rua, longe dos nossos olhos?

Lili era a única pessoa da casa, além do garoto, que dava papo ao mulato. Alberto e Vera passavam a maior parte do dia em seus respectivos trabalhos e à noite educadamente evitavam Miquimba, dirigindo-lhe a palavra apenas no que fosse indispensável. Maria se juntava aos patrões nesse "gelo" programado. Detestava a sem-cerimônia do mulato abrindo a geladeira e se servindo à farta, como se fosse membro da família. Essa liberdade que ele trazia da rua, confundida com excesso de intimidade, também incomodava os pais, e Vera não deixou o mulato sem repreensão no dia em que entrou em casa e o encontrou no escritório ouvindo rádio às alturas. "Isso aqui não é um salão de baile *funk*, Miquimba!", disse, acrescentando que Alberto não gostava que mexessem em suas coisas. Para o pai, o choque veio ao subir à cobertura e se deparar com o mulato dentro de sua piscina, estirado sobre seu colchão de água.

— Aqui as pessoas só frequentam a piscina quando acompanhadas por alguém da casa — e o mulato escafedeu-se espalhando água como fazia nos chafarizes.

Miquimba foi instalado no segundo quartinho de empregada e nos acertos que se seguiram à aquiescência dos pais ficou resolvido que ele comeria na mesa da copa. O mulato não era exatamente um hóspede e Alberto não abria mão de tê-lo a distância na hora do jantar. Comer na copa, dormir no quartinho, usar o banheiro de empregada e não se esparramar nos estofados da sala foram algumas das imposições dos pais, que Julinho aceitou a contragosto, ele um antissegregacionista por natureza. Já o mulato não dava a mínima para esse comportamento discriminatório que ele conhecia piores, na rua e na vida. Desde que não lhe proibissem de estar com suas amigas...

Embora o céu seja igual para todos, na terra revelava-se um mundo desconhecido para o mulato, o mundo da abundância, da assepsia, da alta tecnologia doméstica a congestionar as tomadas. Caixas de leite, engradados de bebidas, pães, queijos, biscoitos de variadas espécies, pilhas de iogurtes, pirâmides de frutas, um freezer abarrotado, duas geladeiras entupidas, ele podia devorar o que quisesse, quando quisesse, o quanto coubesse em seu estômago desde que tivesse modos, que Vera era uma boa cristã e dava de comer a quem tinha fome.

Miquimba jamais vira tanta comida e tanto desperdício. Confessou a Julinho que nos dias em sua casa "ranguei mais que nesses anos de rua". O garoto alertou-o para livrar a cara dos produtos dietéticos da mãe.

Engenhocas mágicas, como centrífuga, forno micro-ondas, pipoqueira elétrica, máquina de lavar pratos, faziam da cozinha uma dependência da Ursa Maior. No dia em que Julinho sentou-se diante do computador e botou tudo para funcionar, só ocorreu a Miquimba perguntar se através daquela máquina espacial era possível entrar em contato com as estrelas.

Na verdade a surpresa era maior que o entusiasmo. Miquimba se surpreendia alegremente com todos aqueles sinais de um mundo ignorado, mas não trocaria nada daquilo por um carretel "dezinho" com que pudesse dar linha a seu papagaio de papel. Para o mulato, toda aquela aparelhagem infernal que só faltava fazer chover tinha tanta utilidade quanto um relógio, de modo que quando Julinho indagou se ele queria aprender sua resposta foi curta: "Pra quê?"

Virou as costas e desafiou o garoto a botar uma pipa no alto.

•

— Pra você levantar ela, tem que ir debicando e dando linha. Assim...

Miquimba iniciava a demonstração repetindo o mesmo orgulho com que Julinho lhe revelou os recursos da informática. A raia, imóvel e inútil tal um avião no hangar, começou a ganhar vida, agitada a princípio como se quisesse escapar da "coleira", acalmando-se porém à medida que pegava vento, trabalhada pelas mãos ágeis do mulato.

Julinho jamais segurara uma pipa, nem sequer a vira de perto, ainda que ela venha de tempos anteriores a Cristo. Nem ele, nem certamente seus vizinhos que deviam observar atônitos aquele brinquedo de pobre alçando voo de uma cobertura duplex às margens da Lagoa.

— Vê se a linha do cabresto não tá solta — recomendava o mulato —, desembaraça a rabiola!

O garoto sentia-se perdido em meio àquelas expressões, mais estranhas do que a linguagem do computador. Esforçava-se contudo para adivinhar e, mais ainda, para levantar sua pipa que não ia além de um estrebucho e tornava a despencar. Seus dedos tão ligeiros no trato de um *mouse* não conseguiam acompanhar a habilidade de Miquimba que mantinha sua pandorga planando no ar, dócil e domesticada. Desistiu e sentou-se no chão a assistir as coreografias da raia do mulato, que deitava a maior falação:

— Lá no morro a gente diz que pipa no alto não tem letreiro. A gente pode cortar qualquer uma.

— Cortar?

— A gente corta com cerol. Manja cerol? É uma mistura de cola e vidro moído que a gente passa na linha...

Miquimba advertiu, catedrático, que não se podia usar qualquer tipo de cola: tinha que ser de madeira, derretida antes numa lata de leite em pó. Falava com alegria e desenvoltura enquanto controlava a pipa e, de repente, Julinho percebeu-o uma criança rejubilando-se com seu brinquedo.

— Qual é a graça de cortar a pipa dos outros?

— Não é só cortar, Magrão. A gente tem que cortar e trazer ela junto com a nossa, arrastada pela rabiola. É uma briga de foice. Às vezes dura mais de uma hora.

Uma ingênua brincadeira transformada numa luta feroz pela subsistência da autoestima. O garoto pôde imaginar a sensação de superioridade que Miquimba experimentava ao recolher a pipa do inimigo, batida, cortada, prisioneira de guerra.

— Se você não cortar legal, ela não vem junto. Fica avoada e quando cair é de quem pegar.

O mulato silenciou por alguns segundos parecendo envolvido em seu prazer. Súbito deu um puxão na linha e disse sem olhar para o amigo:

— Vou ralar daqui, Magrão!

A frase brotara repentina cortando a conversa das pipas.

— Algum problema?

— Não, cara. Tá tudo em cima, beleza pura, até engordei. Mas não vou gastar uma onda que não é a minha.

Miquimba sentia saudades de sua vida de passarinho. Já comera tudo o que tinha direito, já tomara todos os banhos quentes, já estudara todos os pronomes, já engraxara todos os sapatos e, como um índio que estranha a cidade e retorna à reserva, o mulato queria bater asas e reencontrar seu mundo. Sua cabeça não se adaptava àquela gaiola de ouro, escrava da modernidade e da existência programada.

Nos tempos da União Soviética, contava-se a piada de um cachorro que deixou Moscou para morar em Paris. Os cachorros franceses perguntaram-lhe surpresos por que deixara sua pátria onde tinha educação de graça, assistência médica de graça, acesso à cultura, emprego garantido, vodca, caviar, por quê?

— Porque aqui eu posso latir.

Julinho raciocinava como os cachorros franceses. Não lhe cabia na caixa craniana que alguém pudesse desprezar tudo aquilo que sua casa oferecia para dormir sobre uma folha de papelão.

— Vai voltar pra rua?

— É minha casa, Magrão — fez uma pausa procurando palavras. — Não sei explicar. Eu sinto, sacou? Não me acostumo a dormir naquele quartinho cheio de paredes. O teto baixo, parece que vai desabar, me dá falta de ar. Sei lá. Tem um troço dentro de mim que me empurra... sinto falta do meu teto.

— Mas... e a polícia?

— Os homens já estão em outra — recolheu a pipa. — Eles botam pressão no primeiro dia, no segundo... depois têm que correr atrás de outro Miquimba e de outro e mais outro que essa cidade é uma fábrica de Miquimbas.

— Chegou a pensar na ideia do reformatório?

— Se tu não fosse meu irmão, eu ia pensar que estava querendo meu fim. Já tive lá, Magrão, sei como é a barra. Pra voltar prum reformatório prefiro ir pra casa de minha mãe. Lá, pelo menos, só tem UM cara pra me dar porrada.

O garoto encolheu os ombros e abriu os braços. Não havia mais nada a acrescentar.

— Vai se mandar agora?

— Amanhã de manhã, bem cedinho. Não quero que ninguém veja eu ralando peito. Posso levar o cobertor?

— E os livros?

— Deixa aí. Não vou sumir, Magrão. Você é amigo pra toda a vida. Pra carregar a alça do meu caixão. Um dia a gente continua as aulas.

Julinho sentiu uma fisgada no peito. Por ele, congelava Miquimba durante vinte anos até que mudasse o quadro social da cidade. Será que adiantaria? Os meninos atingiam a terceira geração nas ruas, o mulato lhe dissera, "e já havia entre eles muitos com netos". Ex-meninos de rua, agora avôs de rua! O garoto tentou uma última cartada para estender a permanência do amigo.

— A homenagem à vovó é amanhã. Não dá pra você segurar mais um dia, cara?

Miquimba bateu com a mão na testa:

— Pô, Magrão! Se tu não lembra... não posso deixar furo com a velha! Ela sempre foi legal comigo.

Julinho reanimou-se:

— Então vamos escolher uma roupa, que de bermuda e tênis você vai ser barrado!

•

Um dia muito especial amanhecera no duplex da família Calmon em razão da homenagem a Lili Ferrucci.

Todos acordaram antes da hora — Julinho nem precisou de despertador — animados por uma agenda de providências incomum. A velha porém não estava nem aí. Não perdia mais o sono com tributos e reverências e sem qualquer curiosidade deixou para ler os cartões das *corbeilles* ao retornar do seu passeio matinal.

O telefone tocava sem parar e desde logo Lili nomeou Miquimba seu secretário para atender e anotar os recados, tarefa da qual ele se desincumbia com seriedade e competência. Cedeu apenas à chamada da filha Sônia, de Salvador, que se refazendo de uma cirurgia nos ovários não viria para a festa. Mais adiante, uma entrevista por telefone a uma emissora de rádio atrasou o cronograma da velha que incluía manicure, cabeleireiro, limpeza de pele, de dentes (todos seus, acreditem), pegar o vestido na costureira, o sapato que mandara forrar e, no fim da tarde, uma sessão de agulhas no acupunturista, ritual de relaxamento que incorporou desde sua ida ao Japão com a Ópera Comique de Paris.

Julinho acrescentou à rotina de todos os dias a compra de duas camisas sociais, que Vera nunca acertou com seu gosto. Das roupas que Miquimba experimentara na véspera, serviram-lhe os sapatos, de amarrar, e as calças, perfeitas na cintura, mas compridas nas pernas que Julinho era uns cinco centímetros mais alto. A pedido do filho, Vera levou a calça para suspender a bainha no alfaiate ao lado de sua loja. Se a companhia do mulato era inevitável na ópera, que ao menos não comprometesse a elegância da família.

De volta à casa, caminhando distraído, Julinho se flagrou no meio da pracinha. Observou o empalhador, os seguranças do banco, a novidade do quiosque de flores e experimentou a sensação de que passara muito tempo desde a última vez em que estivera ali atrás de Laura.

Recordou suas paqueras com saudosa nostalgia, sentindo--as como obra de outro Julinho que não existia mais. Ao fitar, porém, o apartamento da menina, percebeu que seu coração ainda mudava de ritmo diante de visões concretas. Pena que Laura nunca mais tenha estado sozinha nas suas lembranças, onde se infiltrava sempre, como um xereta de plantão, aquele tampinha de brinco. Reconfortou-o, contudo, constatar que toda a turbulência emocional que quase o enlouquecera já descera pelo ralo, e assim prosseguiu no seu caminho, sereno e convicto de que Laura era uma página virada.

— Você tem namorada, Miquimba?

Sim, Laura era página virada, mas de vez em quando batia um vento de través que alterava a ordem das folhas. Julinho encontrou Miquimba passando a limpo as mensagens de Lili, esforçando-se para fazer de seus garranchos uma caligrafia apresentável. Entre os recados, um para o garoto.

— Ligou um chapinha seu da rua México.

Julinho não controlou o riso: era Bernardo, o melhor amigo, chamando mais uma vez da Cidade do México. O garoto registrou o mal-estar por nunca retornar a ligação, prometeu fazer contato na primeira oportunidade e repetiu a pergunta ao mulato:

— Você tem namorada?

— Tinha, a Lica... mas ela foi apanhada e está internada numa escola lá na Ilha do Governador à espera de julgamento.

O garoto não chegou a se surpreender: a namorada do mulato não seria diferente dele. Continuou dando corda, interessado em jogar uma luz sobre o assunto que, entre eles, permanecia às escuras.

— Pensei que fosse aquela menina que estava cuidando de você lá no viaduto.

— A Zezé? Ela quer ficar comigo, mas não tô a fim — e sorriu travesso —, só às vezes, quando esfria à noite.

— Ela não é muito novinha?

— É da idade da Lica, 12 anos. Mas é sacana que ela só!

Desta vez Julinho se assustou. Uma menina de 12 anos não passava de um criança, era assim que ele as via, as tratava, ignorando que nas galerias da cidade muitas delas transavam como gente grande, "embarrigando sem ter um pentelho na xota", acrescentou o mulato.

— Quando conheci a Lica ela era lisa feito uma boneca.

— Você foi o primeiro homem dela?

— Qualé, Magrão! Ela tem estrada, tá rodada. O pai dela comeu ela dentro de casa. Daí que Lica fugiu pra rua.

A naturalidade com que Miquimba falava estabelecia um contraste brutal diante da absoluta perplexidade estampada na cara do garoto. Ele já assistira na televisão programas denunciando a prostituição infantil, mas nunca soubera de histórias de pai "passando o ferro" nas filhas.

— Tem aos montes, cara — confirmou o mulato. — Só eu conheço umas três.

A curiosidade de Julinho retornou a Miquimba:

— Vivendo nas ruas... como é que você transa?

— Ah, mermão, onde dá. Nos becos, nos matos, nos viadutos, sempre pinta um lugar — o mulato terminou de escrever e ergueu a folha de papel como que admirando seu trabalho. — Como é o nome da sua namorada?

A pergunta levou o garoto de volta à Laura:

— Tô sem namorada. Tem uma menina aí que eu paquerei adoidado, mas ela tem um cara.

— Ele é mais forte que você?

— Nada. É um baixinho.

— Então, malandro! Dá um pau nele e fica com ela — sugeriu o mulato, abusado.

— As coisas não são resolvidas dessa maneira, Miquimba.

— Tudo bem, cara. Se você não quer sujar as mãos, deixa que eu boto ele pra correr. Aí você entra absoluto, o reizão...

Julinho nem sabia como começar a recusar a proposta. Tentou mostrar ao mulato que havia algo mais para além da porrada.

— Legal, Miquimba, você quebra o tampinha e daí? Se ela não gostar de mim não vai adiantar nada.

— Mas ela vai gostar, que você vai enquadrar ela, vai dar duro nela — enfatizou o mulato. — Uma vez a Lica andou se engraçando prum cara lá no Juramento, dei-lhe uns piparotes no pé do ouvido que ela ficou pianinho. Tu tem que ir chegando e arrebentando: pega ela, transa logo pra ela saber que é tua e que ninguém vai fazer verão com a tua mina. Sacumé? Tu tem que ser ferrabrás, Magrão, que é pros negos te respeitar.

Os métodos de Miquimba não diferiam muito dos de algumas espécies do reino animal. Era espantoso que dois garotos da mesma idade, na mesma cidade, se expressando na mesma língua, sobre o mesmo tema, se revelassem tão incompatíveis. Julinho compreendia melhor as explicações do pai acerca das distinções entre as classes sociais que davam a volta por cima da geografia. O garoto com certeza se identificaria muito mais com seu equivalente alemão, vivendo a milhas de distância, outra língua, hábitos e costumes, do que com aquele mulato, fisicamente tão próximo, mas que do ponto de vista social parecia habitar as cavernas do Zimbábue. Sem dúvida as fronteiras sociais separavam muito mais do que as geográficas.

— Você já transou, Magrão?

A pergunta, assim de supetão, fez Julinho corar e responder com uma contida negação de cabeça. Em vez de se sentir superior àquele bicho à sua frente, o garoto viu-se coberto de vergonha por nunca ter transado aos 16 anos.

— Quer transar? Dou um toque na Zezé. Ela é cuca fresca e...

— Não, não, não — apressou-se Julinho. — Quero ir pra cama com uma garota de quem eu goste.

Miquimba avançou com sua lógica:

— Por que você não transa antes com a Zezé? Ela é maneira. Vai te ensinar umas coisas. Aí depois você transa com tua mina sabendo de tudo. Vai por mim...

— Eu nem conseguiria transar com uma menina de 12 anos.

— Ah, malandro, deixa de frescuragem. Xota não tem idade. Mas se você quiser, descolo uma mais velha. Conheço uma pá de micheteiras.

Julinho sentia-se imprensado. Não sabia mais como se esquivar daquela conversa que ele mesmo iniciara, saíra de seu controle e agora lhe causava tanto desconforto.

— Pode deixar que eu me viro, cara.

Antes que o mulato pudesse prosseguir com suas ofertas, o garoto entregou-lhe a camisa que havia comprado, conferiu o relógio e sugeriu a Miquimba que fosse se arrumar para conhecer o Teatro Municipal, por dentro.

•

Vera estacionou sob os cuidados de um flanelinha de ocasião, que reconheceu Miquimba, e seguiu acompanhada dos garotos, que Lili se atrasara e estava a caminho com Alberto.

Quem visse aquele mulato descer de um carro importado trajando uma impecável camisa social fechada nos punhos, calça de gabardine pregueada e cinto da cor do calçado, jamais diria tratar-se de um habitante dos porões da cidade. Era visível contudo seu desconforto enfiado numa armadura de panos que lhe deixava apenas as mãos e a cabeça a descoberto. O caminhar desajeitado também denunciava a cerimônia com que seus pés se acomodavam dentro de um sapato clássico.

Os três pararam no sinal de trânsito e o mulato correu os olhos pela fachada iluminada do teatro — das escadarias de granito à águia real na cúpula — com uma expressão de quem o via pela primeira vez. O prédio, entronizado na cabeceira da Cinelândia, tinha se tornado tão familiar para ele que Miquimba nunca lhe dedicara muita atenção.

— Nunca reparei naquele bicho — apontou. — É um urubu?

— Uma águia.

— Morde?

— Bica.

— Por que botaram uma águia lá em cima, Magrão?

— Vai ver não deu para botar um elefante — brincou o garoto.

Parando com os meninos na calçada frontal ao teatro, Vera aguardava a dama da noite, acenando para uns, cumprimentando outros em meio ao afetado burburinho de gente bem-sucedida a chamar a atenção dos fotógrafos e câmeras de televisão que reforçavam a iluminação no local com seus *flashes* e refletores.

No momento em que o Mercedes de Alberto parou diante dos portões de bronze e Lili desembarcou dispensando a ajuda do motorista, um enxame de jornalistas correu para ela atropelando Vera e os meninos. Ouviram-se esparsos aplausos, logo os curiosos se aproximaram e os fotógrafos pediram à família que se juntasse, disparando suas máquinas. Miquimba manteve-se afastado, mas puxado por Julinho acabou incluído nas fotos.

A velha, impaciente como toda diva, desfez a pose e saiu abrindo caminho entre sorrisos e saudações, tendo às costas Julinho e Miquimba fazendo as vezes de seguranças. O mulato protegia Lili com o corpo, mas seus olhos se mantinham fixos na patrulhinha da polícia parada do outro lado da rua. O séquito subia lento a escada e, entre um degrau e outro, um grito bateu na testa do mulato:

— Aí, Miquimba! Virou bacana!

Ele reagiu, instintivo, na direção da voz, e viu Zezé, mais seu bando de meninos andrajosos e alguns maloqueiros, acenando de um ponto afastado da calçada.

Enfiou a cabeça entre os ombros, sem responder, e os gritos se multiplicaram entre irreverentes e provocadores:

— Desde quando você curte ópera, cara?

— Te cuida que os omi tão atrás de você!

— Ganhou na loto? Joga uma moedinha aí, Miquimba!

— Vamos caguetar pros omis que você tá no teatro!

— Vê se não esquece da gente — berrou Zezé.

Miquimba curvou o corpo, desviou-se do cortejo e atravessou a entrada do teatro antes da velha.

•

No *foyer*, o assédio não foi menor. As pessoas atraídas pela luz das televisões, tal mariposas noturnas, comprimiram-se formando um corredor afunilado à passagem da velha, arrancada do chão por uma equipe de reportagem e levada para uma entrevista exclusiva num dos vestíbulos do saguão. Aguardando Lili, a família reencontrava conhecidos, parentes distantes, gente que não via havia tempos, estabelecendo conversas inconclusas que continham repetitivos comentários diante de Julinho: "Como ele cresceu! Está um homem!" E o garoto forçava um sorriso debiloide que nesses momentos não há o que dizer.

Miquimba afastou-se naturalmente da família, sem perceber o desinteresse de Vera em apresentá-lo às pessoas. As vozes de sua turma de rua foram temporariamente abafadas pelo impacto que lhe causava o interior do teatro. Seus olhos deslizavam encantados pelos vitrais, rotundas, mármores e bronzes dourados, banhados por uma iluminação que reforçava a impressão de magnificência. A ampliar-lhe os sentidos, o odor inebriante dos perfumes recendendo a riqueza. O mulato compenetrou-se dentro da roupa e prometeu nunca mais mijar nas paredes do prédio.

Julinho chamou Miquimba para seguir com a família à plateia, tirando-o daquele estado de arrebatada contemplação. Lá dentro um novo tranco, provocado pelo espaço suntuoso onde se empilham cinco andares de frisas, balcões, camarotes, uma visão embalada pelo som da orquestra atacando o prelúdio que introduz a ópera. Abrem-se as cortinas e revela-se o cenário de um palácio real, que a ação de *Aída* se passa na época de maior esplendor dos faraós. A seguir, cenas grandiosas e marchas triunfais a atravessarem olhos e ouvidos do mulato, atordoado pela opulência que o transportava para outro mundo, um mundo inalcançável pelas lunetas.

Para os críticos, o espetáculo beirou o sofrível, mas ninguém se importou que poucos ali apreciavam ópera e a maioria fora tangida pela mídia para admirar o mito, o fenômeno, a primeira-dama do canto lírico. O elenco, vindo de várias partes do mundo, não dispôs de tempo suficiente para ensaiar e ainda sofreu um desfalque de última hora: a soprano búlgara que faria a princesa Amneris, rival de Aída, resolveu conhecer a feijoada e seus intestinos reagiram ensandecidos. Não teriam sido tais contratempos, contudo, que levaram Miquimba a se retirar no início do segundo ato, dizendo a Julinho que iria ao banheiro.

As cortinas se fecharam, as luzes se acenderam, um apresentador adentrou o proscênio e convocou o senhor prefeito que subiu debaixo de palmas protocolares, fez uso da palavra, estendeu-se nos elogios de praxe — chamou Lili de rouxinol brasileiro — e convidou-a a galgar o palco. A velha recusou o amparo do alcaide — que ficou com a mão no ar — e subiu os degraus com a decisão e a naturalidade de quem se sente em casa. Após uma reverência em agradecimento às palmas, um silêncio respeitoso encheu a sala e Lili Ferrucci pôde mostrar um pouco do poder, controle e expressão dramática do seu canto. Os aplausos fizeram tremer os alicerces do teatro, ainda que desfalcados das mãos de Julinho, um espectador desatento, preocupado com a demora de Miquimba.

Ao final, Lili declarou, do seu jeito desabrido, lamentar que a homenagem lhe tivesse chegado tarde, após deixar o palco, mas não tão tarde para que já tivesse deixado a vida. Lembrou suas apresentações por mais de cinquenta anos em mais de quarenta países, "sempre com o Brasil no coração", e agradeceu a Deus pela permissão de provar aquele momento em que "a emoção me transborda pelos poros".

A família retornou à casa sem que Julinho soubesse explicar as razões do sumiço de Miquimba aos pais, que pouco interessados trancaram-se no quarto a comentar a aparência de alguns conhecidos reencontrados na ópera ("O Souza está tão envelhecido!"; "E a Beth com aquela cara esticada?"). Quanto a Lili, depois de um dia intenso, desabou na cama e na manhã seguinte foi sequestrada.

12

Ao meio-dia, Maria, sozinha em casa, ligou para a loja.

— Que houve? — reagiu Vera no seu tom apocalíptico.

— Dona Lili ainda não voltou da caminhada. Ela não costuma demorar tanto...

Vera, sempre à espera da pior notícia, desta vez não suspeitou de morte, sequestro, atropelamento ou mal súbito. Talvez por não saber como enfrentar o pior; talvez por conhecer o comportamento imprevisível da sogra, preferiu acreditar que Lili tivesse se alongado distribuindo autógrafos ou partido direto da caminhada para um joguinho matinal ou se enfiado num avião para a Europa com a roupa do corpo. Em se tratando de Lili Ferrucci, tudo era possível!

Somente quando Maria voltou a chamar por volta das 13h30 é que Vera admitiu sua inépcia para presságios tranquilizadores e retomou as reações alarmistas ao ouvir da empregada que uma voz masculina havia ligado para informar do sequestro da velha.

— Não acredito! Meu Deus, que horror! Que loucura! — e disparou para casa.

No carro, apesar de todas as exclamações, Vera não percebera a dimensão exata da dor de um sequestro. Sabia do sofrimento das famílias por ouvir falar, de ler nos jornais, mas, como não imaginava que pudesse acontecer na sua casa, a notícia naquele momento ainda trafegava do racional para o emocional, e assim não lhe doía na alma mais do que uma picada de abelha.

Parou no colégio em busca do apoio do filho e, ao ser informada de que Julinho saíra mais cedo, percebeu-se definitivamente solitária e desamparada na missão inglória de dizer o ocorrido a Alberto. Atrás de uma luz ameaçou correr para amigos próximos, para a cunhada Sônia na Bahia, mas recuou temerosa de não fazer a coisa certa e ligou do celular para o marido.

— Sequestrada? Como? Onde? Quem disse?

— Já ligaram lá pra casa, Alberto. Mas fique tranquilo que ela está bem. — Vera prosseguiu intranquila: — Só pediram para manter a polícia e a imprensa de fora.

— Puta que o pariu! — berrou Alberto que após uma pausa perguntou por Miquimba: — Ele já apareceu?

— Você não está achando que...?

— Tá envolvido! — afirmou categórico.

— Alberto, você não pode...

— Escuta, Vera, não adianta ficarmos discutindo — reagiu irritado. — Vou sair agora para tomar algumas providências. Se tornarem a ligar, não fale nada. Diga que é a empregada e peça para chamarem mais tarde.

Vera anteviu-se na inusitada situação de ter que conversar com um sequestrador, a picada transformou-se num enxame de abelhas e ela gemeu chorosa:

— Não demore, Alberto...

•

Julinho aguardava impaciente terminar a faina da pescaria na colônia para se dirigir ao tio de Miquimba. Estava ansioso por alguma informação que o ajudasse a entender o gesto do mulato na noite anterior. À cata de explicações, desde a véspera, pensou na possibilidade de Miquimba ter sido apanhado pela polícia dentro do teatro. Uma hipótese dolorosa, mas que pelo menos espantava a sombra de decepção que dominava os sentimentos do garoto. É certo que o mulato já sinalizara com o desejo de voltar à rua, e não escapara a Julinho o escárnio dos menores nas escadarias do Municipal. Mas que diabo, mesmo que tenha se sentido envergonhado vendo-se flagrado entre bacanas, o garoto não aceitava que Miquimba tivesse debandado sem um gesto de adeus.

Walter Tainha caminhou até Julinho carregando um habitante das águas.

— Conhece este peixe?

— Peixe? — estranhou o garoto diante daquele corpo achatado com formato de pipa.

— Chama-se arraia. De vez em quando aparece uma na rede.

— Come-se?

— Sim, essa carne das laterais é muito saborosa. Quer?

Julinho recusou com uma expressão de nojo — argh! — e como não tinha ido à colônia para ampliar seus conhecimentos piscatórios, indagou por Miquimba.

— Esteve aqui ontem à noite. Não sei das horas que eu estava na pesca, mas encontrei umas roupas finas jogadas na cama, camisa social, sapato de cadarço. Acho que ele despiu algum burguês.

Descartada a hipótese de prisão, Julinho sentiu a amizade entre eles ferida de morte. Retirou os livros da mochila e pediu ao pescador que os entregasse ao sobrinho.

— São seus?

— São dele.

Tainha examinou a capa dos dois exemplares, um de português, outro de história do Brasil, e reagiu admirado.

— Miquimba estudando?

— Eu tentei...

— É tempo perdido. Esse menino não tem jeito. Só entregar?

— Só entregar — repetiu Julinho sem alegria nos olhos.

•

Alberto não teve dificuldades para conseguir uma foto de Miquimba. Foi a um jornal, pediu para ver os contatos da festa no Municipal e comprou aquela, tirada na calçada, em que o mulato aparece incorporado à família. Uma foto, notou o empresário, a revelar algum tipo de perturbação na alma de Miquimba, que exibia um rosto tenso e preocupado. Ao vê-la ampliada, Alberto reforçou suas suspeitas.

Na rua, cortou a foto, eliminando a família sorridente, e com a tira do mulato nas mãos parou diante da delegada titular da Delegacia de Proteção ao Menor e Adolescente. Jogou a foto sobre a mesa:

— Conhece?

A policial nem precisou fixar a vista:

— Quem não conhece o Miquimba? — pegou a foto e sorriu. — Inconfundível, mesmo fantasiado de menino de família. É um dos menores mais manjados das ruas do Rio. Mário Miquimba, também conhecido como Miquimba, o Imperador da Ursa Maior.

Qualquer um estranharia o aposto, Alberto estranhou o nome.

— Mário? — Não se recordava do nome que ouviu ao ser apresentado ao mulato àquela noite na cozinha, mas com certeza não foi nada parecido com Mário.

— Esses meninos mudam de nome como mudam de pouso, doutor, e são sempre reconhecidos pelo apelido. Talvez nem o Miquimba se lembre de que se chama Mário.

Alberto não prestou atenção nas palavras da delegada. Precisava correr para casa, tinha a mãe em cativeiro e Vera não possuía sangue-frio suficiente para administrar sozinha situações-limite. Pouco se lhe dava o nome de batismo do mulato, queria saber de sua folha corrida.

— Fale-me dele.

— Não há muito o que falar, doutor. Sua história é igual a de todos os meninos de rua. Fugiu de casa, andou nas drogas, se juntou a outros menores da Candelária e ficou por aí praticando pequenos furtos. Mas ele não é um mau garoto, tem algum estudo e conhece tudo quanto é estrela...

Alberto também não estava interessado nas qualidades do mulato; antes, queria informações sobre seu lado marginal:

— Mortes, sequestros, assaltos a banco?

— Pode ser que ele ainda chegue lá, doutor, mas por enquanto... — balançou a cabeça negativamente — se bem que circulou um papo por aí de que ele teria matado o segurança de uma fábrica de colchões.

Alberto empalideceu. Foi como se de repente todo o sangue do seu corpo descesse para os sapatos e ele teve que se apoiar na mesa da delegada para não desmoronar.

— Continue — pediu com algum esforço.

— Não conheço bem a história. O que sei é que Miquimba foi espancado pelo segurança a mando do patrão, revoltado porque o pobre coitado roubou um par de tênis do seu filho. Uma estupidez!

Alberto custava a crer no que ouvia. Nunca confiou em Miquimba, é verdade, mas daí a sabê-lo o assaltante de seu filho e o assassino de seu segurança era algo que continha um impacto emocional do tamanho de um sequestro de mãe. Perturbava-lhe ainda mais admitir que por todo esse tempo abrigou o criminoso dentro de casa.

— O senhor está se sentindo bem?

A delegada percebeu a palidez de Alberto que se debatia para botar as ideias em ordem diante do furacão mental que lhe devastava a capacidade de dar um encadeamento lógico aos fatos.

— Estou melhor... — respondeu ele respirando fundo, após o café que a policial lhe serviu num copo de plástico.

— O senhor ficou chocado quando falei sobre o boato. Mas posso assegurar que o menino não matou ninguém. Meu colega da 54 disse que foi tudo armação do tal dono da fábrica de colchões, um sujeito autoritário e arrogante, que queria encontrar logo um culpado para aquietar a família do segurança. A gente conhece esse tipo.

Alberto pediu outro café. Por um instante o sequestro de Lili teve que conviver com uma avalanche de revelações e informações desconhecidas até meia hora antes. Embora atordoado pelas referências pouco lisonjeiras, passou por cima das impressões da polícia a seu respeito, convencendo-se de que cagava e andava para elas. Queria mais era entender como aquele pequeno facínora enganara a todos e conquistara a amizade de seu filho depois de tê-lo assaltado. Só havia uma resposta: Julinho não viu o rosto de Miquimba, que depois armou uma cena, salvando-o de um novo assalto. Com isso ganhou a confiança do garoto, a ingenuidade em pessoa, e infiltrou-se à vontade na família. Daí para chegar ao sequestro foi um pulo. Sim, pensou Alberto, as coisas começam a fazer sentido.

O empresário recolheu a foto sobre a mesa e dispôs-se a sair, na certeza de que não arrancaria nenhuma pista daquela mulher que parecia advogada de defesa de Miquimba. Como é que uma policial, chefe de delegacia, chama de "pobre coitado" a um ladrão e assassino? Com a indignação estampada no rosto, deu as costas à delegada que lhe perguntou à saída.

— Posso saber das razões do seu interesse por Miquimba, doutor?

Alberto soltou um petardo sem medir as palavras:

— Ele foi um dos sequestradores de minha mãe!

A mulher balançou na cadeira, atingida.

— O Miquimba? Tem certeza?

— Absoluta — confirmou o empresário, expressão pétrea.

— Como? Quando?

— Hoje pela manhã na Lagoa.

— O senhor já avisou a Divisão Antissequestro?

— Os sequestradores pediram para manter a polícia afastada.

— Mas o senhor tem que avisar.

— Mas eu não quero avisar!

A delegada pegou o telefone e ao começar a teclar foi bruscamente interrompida por Alberto que cortou a ligação.

— Não quero avisar. Já disse!

— Não quer deixar seu nome, endereço, doutor?

— Não precisa. Basta que você saiba que sou o dono da fábrica de colchões.

E retirou-se sem ouvir a policial botar o fone no gancho.

•

Vera já rezara, já chorara, já tomara calmante, já circulara sem rumo pela casa até se acomodar, dobrada sobre seu próprio corpo, no banquinho da cozinha, ao lado do telefone. Permanecia imóvel, parecendo acreditar que quanto menos se mexesse, menor seria seu sofrimento.

Cada toque do telefone soava como um detonador implodindo-lhe as paredes do crânio, e o aparelho tocava com uma insistência equivalente à popularidade de Lili, procurada desde cedo pelos jornalistas para falar de sua festa. Ao sequestro da sogra somava-se em Vera a preocupação crescente com o paradeiro do filho, que não aparecia em casa e não estava nas aulas, nos cursos, em lugar nenhum! Naquele momento, a tendência à morbidez de Vera dispensava qualquer exercício de imaginação para montar o palco da tragédia familiar. Assim, quando

Alberto chegou, ela lhe voou no pescoço, tomando-o com unhas, dentes e o que mais pudesse e retomou o choro, desta vez livre e caudaloso.

— Não aguento mais. Não aguento tanta tensão! Pelo amor de Deus, Alberto, faça alguma coisa que estou a ponto de enlouquecer!

O marido considerou o conhecido exagero da mulher e envolveu-a vigoroso, cuidando para não deixar escapar nenhum comentário sobre o que descobrira de Miquimba ou teria que desenterrar a verdadeira história da morte de Buck. Não era hora de trazer o passado para junto do sequestro. Aguardou em silêncio que Vera se acalmasse e, retirando-lhe os braços à volta do pescoço, perguntou se "eles tornaram a ligar".

— Esse telefone toca sem parar, Alberto — lamentou a mulher. — Os jornalistas parecem farejar a desgraça. Querem falar com sua mãe. Não sei mais que desculpa dar...

Vera passou a mão no rosto, enxugando as lágrimas, acrescentou que os sequestradores não tinham chamado e ameaçou iniciar uma nova onda de choro ao falar do filho.

— Julinho sumiu, Alberto! Tá sumido. Já liguei pra tudo quanto é lugar. Meu filho desapareceu. Não quero nem pensar que ele tenha sido levado...

Alberto experimentou um sobressalto, mas para tranquilizar a mulher saiu-se com uma resposta técnica.

— Os sequestradores nunca levam duas pessoas da mesma família.

— Sei lá. Esse mundo está tão louco!

O empresário afrouxou a gravata encaminhando-se para o bar atrás de um uísque. Caprichou na dose, sabendo de antemão que nem a garrafa inteira o faria mais relaxado. Vera seguiu-o com um olhar suplicante a implorar por alguma ação. Não dava para ficarem os dois boiando naquele vazio, frente a frente, enquanto o mundo desabava a seu redor. Alberto apanhou o catálogo para procurar o número da Divisão Antissequestro e o telefone tocou mais uma vez. Vera meteu a mão no fone, instintiva, sem esperar por instruções do marido.

— Filho? Onde você se meteu? Vem pra casa! Estamos todos aflitos à sua procura! Vem logo! Depois eu explico. É que... sua avó foi sequestrada!

•

O garoto chegou trazendo no rosto uma expressão de pânico controlado. Nunca uma viagem do estúdio do professor de desenho, na Tijuca, à Lagoa lhe parecera tão demorada. Sobrancelhas arqueadas, olhos assustados, abriu a porta num gesto brusco, como se invadindo o cativeiro da avó, e deu de cara com uma insólita movimentação: um punhado de policiais a circular entre fios e ferramentas instalando grampos, binas, gravadores telefônicos e linhas diretas com a DAS — Divisão Antissequestro — e o gabinete do secretário de Segurança.

A polícia permaneceria longe do caso — como queriam os sequestradores —, mas não tão distante que não pudesse intervir numa emergência.

Alberto convocou-a para sair da inércia, que nem ele e muito menos Vera aguentariam conviver de braços cruzados com o silêncio dos sequestradores. Justificou-se, porém, pelo receio de que a DAS viesse a saber do sequestro por outras fontes — a tal delegada, por exemplo — e tomasse suas iniciativas sem consultar a família.

Julinho caminhou entre os homens de colete preto, observando as armas de grosso calibre espalhadas por cadeiras e poltronas, e não pôde deixar de pensar na coincidência de Miquimba ter se mandado horas antes do rapto. Os pais conversavam a um canto da varanda com o delegado Peixoto, diretor da DAS. Ao ver o filho, Vera jogou-se sobre ele, sufocando-o em carinhos lacrimejantes, a compensar a aflição acumulada, e levou-o, agarrada à sua cintura, para próximo dos dois homens. Alberto apenas conferiu a presença de Julinho e sem nenhuma reação voltou-se para o delegado a manifestar sua inquietação com a falta de notícia dos bandidos.

— Eles vão ligar — afirmou o policial com a convicção de quem conhece a fundo o ritual dos sequestradores. — Talvez hoje, amanhã, talvez depois, mas eles vão ligar. A demora é proposital. Fazem isso para quebrar a disposição e a resistência dos familiares.

— Vão dar o preço do sequestro?

— Com certeza. Quase sempre eles pedem um absurdo. Não regateiem, não digam que não têm. Digam que o valor não está disponível e vocês vão reunir o dinheiro. Precisamos ganhar tempo. Sequestro é um jogo de xadrez que requer muita paciência e equilíbrio emocional.

— Não pego nesse telefone nem morta — gemeu Vera, consciente de que lhe faltavam os dois atributos.

— Somente um de vocês e sempre o mesmo deve negociar com os bandidos — prosseguiu o delegado. — Se quiserem, deixo um de meus homens que está acostumado a essas tratativas.

— Eu falo com eles — reagiu Alberto, confiante.

O chefe da DAS disse que, de qualquer maneira, manteria um policial na casa para controlar os aparelhos e em seguida perguntou se dona Lili, com seus quase 80 anos, tinha problemas de saúde.

— Ela é mais saudável do que todos nós juntos — respondeu Vera.

— Mas quando os sequestradores ligarem, vocês vão dizer que ela é cardíaca, hipertensa e necessita de medicação específica. Temos que botar pressão nesses bandidos.

Julinho, que ouvia calado atrás da cadeira da mãe, aproveitou-se de uma longa pausa na conversa para satisfazer uma curiosidade que lhe dominava os pensamentos.

— Onde vovó foi sequestrada?

— Ali, naquele trecho da Lagoa, próximo à colônia

dos pescadores — respondeu Peixoto, que recebera a informação através de uma ligação anônima. — Eles conheciam os hábitos de dona Lili. Posso levar essa foto?

O garoto acompanhou a mão do delegado apanhando a foto de Miquimba sobre a mesa, entre recortes de notícias de outros sequestros, um mostruário de fotos de sequestradores procurados pela polícia e um manual de instruções para famílias de sequestrados, já na oitava edição. Alberto bateu firme com o dedo indicador em cima da foto e anunciou raivoso:

— Peguem esse moleque que vocês desvendarão o sequestro!

— Pai! — o filho reagiu no reflexo. — Como é que você sabe que...?

— Você cala essa boca! — cortou Alberto com uma rispidez incomum. — Depois conversaremos!

O delegado Peixoto serenou a família num tom sem emoção que certamente repetia a cada sequestro, prenunciando um final feliz, "vai dar tudo certo!". A força policial retirou-se e a casa recuperou a quietude de seus poucos habitantes. Vera, mais relaxada, começou a se desmilinguir sob o efeito dos sedativos e afastou-se abraçada ao filho. Alberto chamou Julinho de volta.

— Alguma dúvida sobre o envolvimento de Miquimba? — indagou enfático.

— Eu... eu não sei, pai. — O garoto esfregou as mãos nos cabelos, perturbado. — Ainda não parei pra pensar.

— Pois vou lhe ajudar a pensar. Sente-se. Sente-se para não cair — e indicou a cadeira onde estivera a mulher. — Sabe que esse Miquimba que você tanto ajudou, que tratou como um irmão, que acolheu dentro de sua casa, esse Miquimba foi quem lhe assaltou e roubou seu tênis na Lagoa?

Julinho não fingiu surpresa. Fitou o pai, baixou os olhos e disse apenas:

— Sei!

Alberto embranqueceu como diante da delegada:

— Sabe? Como sabe??

Tocado a fundo por aquele momento de comoção e solidariedade familiar pelo infortúnio da velha, Julinho resolveu exorcizar seus demônios escondidos na primeira parte da história, nunca antes revelada, que começava na sua ida ao hospital, levando o tênis roubado e terminava no reconhecimento de que Miquimba salvou-o de fato de um novo assalto. Alberto ouvia-o banhado de perplexidade, segurando firme os braços da cadeira para melhor suportar as turbulências interiores. Havia pedido ao filho para sentar-se, mas era ele que, se não estivesse sentado, cairia como um avião em parafuso.

— É inacreditável! Não sei o que você tem dentro dessa cabeça, Julinho. Você é muito mais desmiolado do que eu pensava. Não posso contar essa história para ninguém: vão pensar que você é um louco varrido. Você está precisando de um tratamento psiquiátrico!

Julinho concordou com um gesto de cabeça que naquele momento ele diria amém, assim seja, a qualquer increpação do pai. Aproveitou-se porém do atestado de insanidade que acabara de receber para dar curso ao raciocínio de sua mente doentia.

— Não entendo por que Miquimba iria sequestrar vovó!

— Não entende? NÃO ENTENDE?? — o pai preferiu sair pela ironia para não ter um enfarte: — Vai ver ele queria ouvir com exclusividade a *Aída* de sua avó!

O garoto sorriu, mas não entrou no jogo do pai.

— Sempre escutei falar que dinheiro de sequestro vai pro tráfico de armas, de drogas — continuou reflexivo. — Miquimba não anda metido nessas coisas.

Alberto precisava estar com a saúde em dia para, depois do encontro com a delegada, ouvir todas aquelas sandices do filho que beiravam a debilidade mental.

— Tudo bem, Julinho, Miquimba é um santo menino de rua. Mas você escutou o delegado dizer que os sequestradores conheciam os hábitos de sua avó. Ou não escutou? Vamos! Responda!

— Escutei.

— E quem contou para eles? A Maria?

Julinho coçou a cabeça:

— Esse ponto não está claro pra mim.

Alberto baixou a voz, percebendo que abalara as convicções lunáticas do filho:

— Nenhum ponto ficará claro, Julinho, enquanto você investir contra as evidências. Tudo é tão claro para mim. Posso até admitir que Miquimba não tenha estado na ação do sequestro. Mas ele passou as informações! Você já pensou remotamente na possibilidade de ter alguém por trás dele?

Não era uma suposição de se jogar fora, embora Julinho só enxergasse por trás do mulato aquele bando de menores incapaz de sequestrar um entregador de pizza. Eliminada tal probabilidade, quem sobrava? O tio pescador.

De repente atravessou a mente do garoto a silhueta negra de Jorge Degrau, irmão de Miquimba.

13

O sequestro de Lili aflorou sentimentos esquecidos em Vera e Alberto que se perguntavam onde haviam faltado a Deus. Eram pessoas honestas, prestimosas, bons cristãos, cumpriam a seu modo com os deveres religiosos, mantinham-se em dia com os tributos divinos e definitivamente não compreendiam por que estavam a merecer tamanho castigo. Terá sido a praga do pastor, pai de Buck? Indagou-se Alberto, sem poder dividir suas dúvidas com a mulher.

A família viu-se forçada a uma manobra brusca, que a jogou fora da pista dos seus afazeres, envolvendo-a num engavetamento emocional que foi se desfazendo, vagaroso, na encosta da longa e irremediável espera. A eles não restava mais nada, depois de tomadas as providências de praxe e organizadas — em termos — as sensações produzidas pelo fato imprevisível. Esperavam, atracados à crença de que "quem espera sempre alcança", mas cada um esperava à sua maneira.

Vera, recuperada dos efeitos dos remédios, vestiu uma roupa adequada e foi rezar na igreja envidraçada próxima à sua casa. Para uma mulher que vive em permanente estado de ansiedade, afundar-se numa poltrona seria a última opção de espera. Alberto tocava a administração da fábrica pelo celular, com pequenas providências que não lhe exigissem muito esforço mental. Como bom negociante, antecipava-se aos acontecimentos e ligava para seus gerentes atrás de informações sobre empréstimos bancários.

Julinho encarava sua espera de frente, sem subterfúgios. Qualquer um que o visse no escritório do apartamento, ao lado do policial Job, saberia que ele estava à espera de alguma coisa. Na impossibilidade de manter a cabeça desativada, montou na aridez da espera um tribunal particular, como gostava de fazer, para julgar Miquimba. A princípio, sua intuição inclinava-se pela absolvição, mas pressentimentos apenas não bastavam para defender o mulato do fogo cerrado da razão. Havia evidências demais; o local do rapto, o fato de os sequestradores saberem das caminhadas de Lili e — pior de tudo — o desaparecimento de Miquimba do teatro, sem dizer adeus, que Julinho não aceitava e via, por cima das imputações, como uma imperdoável traição à sua amizade. Condenou o mulato aos quintos do inferno!

A vida da família mantinha-se suspensa por um fio de telefone. Sentados à volta do aparelho, como de uma fogueira, eles aqueciam suas esperanças com um olhar parado no crepitar dos segundos, minutos, das horas que consumiram a noite e queimavam os primeiros gravetos da madrugada. Vera ingeriu mais um sedativo — só assim se aquietava — e retornou ao quarto, logo seguida por Alberto, após rastrear o noticiário das emissoras. Apenas Julinho permaneceu de plantão, ao lado do policial no escritório, transformado em base de operações. Experimentava o coração vazio como um apartamento à venda, depois de perder seus inquilinos ilustres: Laura, por rescisão de contrato; Lili, levada a uma mudança forçada; e Miquimba, que se mandou sem pagar. Deve ser a isso que as pessoas chamam de "falar com as paredes".

Para escapar das penosas lembranças, o garoto fez a ponta do seu lápis 6B e entregou-se ao traço, formas e sombras, uma atividade que tinha o dom de transportá-lo deste mundo, desligando-o do tempo, do verbo, da consciência. Não por acaso o solitário Julinho dedicou-se desde criança ao desenho, no dizer de seu professor, "um solilóquio antes de se tornar comunicação". Ali, naquela praia da linguagem não verbal, ele sabia se expressar com competência, senhor de uma percepção, uma capacidade de ver que ia muito além dos olhos.

O garoto desenhava o policial roncando na poltrona. Antes, mudou a cadeira de lugar para reproduzi-lo na posição "três quartos" — meio de lado —, um avanço técnico sobre os rostos de frente e de perfil, executados na infância. Julinho gostava de desenhar rostos, fascínio de tantos artistas, ainda que admitisse suas dificuldades com olhos e cabelos. Nas vezes em que tentou um esboço de Laura perdeu-se na textura, nas ondulações, na curva exata das madeixas.

Julinho era mestre em nariz. Os narizes são mais largos do que se pensa, provou-lhe um dia o professor. O nariz distingue os povos e revela o caráter das pessoas. Os bebês, seres em início de construção, não possuem arco nasal. Job tinha um belo nariz de cavalete, perdido no meio daquela cara pesada e malcuidada. É curioso como, ao se observar um nariz durante o desenho, ele se destaca do rosto e adquire vida própria. O garoto corria o lápis às bordas da narina quando a campainha do telefone interrompeu-lhe o traço. Seu modelo acordou num salto e levou a mão à arma. O relógio do escritório marcava quatro horas da manhã.

Antes do segundo toque apareceu Alberto, olhos fundos, cabelos desalinhados. Job impediu o empresário de atender e, no terceiro toque, aprumou-se diante do aparelho como um comandante de jumbo preparando a decolagem. No quarto toque, Julinho, impaciente, perguntou se ninguém iria silenciar os gritos pungentes do aparelho; no quinto toque surgiu Vera, *peignoir*, rosto lavado, cabelos presos, que apesar de tudo mantinha-se vaidosa. No sexto toque, o policial fez um gesto autorizando Alberto a atender. Job aprendera que atender aos primeiros chamados denuncia uma ansiedade que fortalece os bandidos.

Uma voz visível e auditivamente alterada ordenou ao empresário escutar apenas: deu o valor do resgate, ressalvou que não queria cédulas de cem e informou o local da prova do sequestro, uma fita gravada da velha, "viva e bem-disposta". Em seguida cortou a ligação, deixando Alberto abestalhado com o fone no ouvido enquanto o policial, agitando-se no gravador, pedia:

— Continua falando. Continua!

— Continua? Eu não disse nada.

— Então continua ouvindo.

— Ele já desligou!

— Ai meu Deus! Que foi que ele disse? — indagou Vera.

— Pediu um milhão de dólares — Alberto repôs o fone no gancho.

— Um milhão de dólares? — assustou-se o garoto.

— Nossa! Onde vamos arranjar esse dinheiro? — gemeu a mulher.

Job acendeu um cigarro, deu uma baforada e comentou com a superioridade de quem participara de vinte sequestros:

— Eles acabam deixando por 300 mil.

Não era o dinheiro que preocupava Alberto naquele momento, que ele iria levantá-lo nem que tivesse que vender a fábrica. Era a súbita constatação de estar também em cativeiro, mesmo em casa, na medida em que não havia por onde se mexer para amenizar o sofrimento da mãe. Julinho e Vera saíram a pegar a fita, depositada na lixeira do Posto Onze no Leblon, e o policial Job observou o desenho deixado sobre a mesa, aprovando a reprodução da sua cara, mesmo sem narinas.

Na fita, Lili dizia estar sendo bem tratada, clamava aos céus para que a tirassem logo daquela pocilga e cantava um trecho de *Aída*, depois de explicar aos sequestradores que "a música amolece os corações e vai apressar o resgate":

É la morte un ben supremo/se per lei morir m'è dato/nel subir l'estremo fato/gaudii immensi il cor avrà/l'ira umana più non temo/temo sol la tua pietà/Pietà, pietà, pietà!

O delegado Peixoto, homem de faro apurado e cultura musical, recebeu a fita e foi direto no libreto da ópera de Verdi à procura de algum significado para aquele trecho escolhido por Lili. Descobriu — "eureca!" — que a fala de Radamés, general egípcio e paixão de Aída, não terminava com a tripla evocação que a velha introduziu na mensagem. No libreto, o personagem dizia apenas uma vez *pietà*, palavra que traduzida para o português dava nome a um subúrbio do Rio de Janeiro.

•

Alberto anteviu-se órfão ao encontrar o sequestro da mãe estampado nas primeiras páginas dos jornais. Havia um acordo entre os familiares e policiais para que ninguém abrisse o bico. A expectativa e o sofrimento, porém, cresciam como fermento de bolo com o passar dos dias, e foram se tornando insuportavelmente maiores do que a capacidade de guardar o segredo. Vera acabou desabafando com o psicanalista e as funcionárias da loja. Também Alberto, ao tempo em que corria atrás dos dólares, abriu-se com o presidente da Federação das Indústrias, esteve em audiência com o governador e enviou um fax ao ministro da Justiça, no pressuposto de que uma aproximação com os altos escalões do poder garantiriam o futuro da velha. Somente Julinho respeitou o trato, mesmo porque não tinha amigos por perto: seu maior confidente, Bernardo, encontrava-se no México e o outro mais distante ainda depois que perdeu as patentes da amizade e foi rebaixado à condição de inimigo principal. Havia ainda outros tantos buracos por onde a notícia poderia vazar — da delegada aos porteiros do prédio — que se tornava impossível saber quem afinal botou a boca no trombone.

A notícia do sequestro explodiu como uma bomba nuclear, formando um cogumelo de inquietações que espalhou suas partículas por todo o mundo. A informação chegou às páginas do jornal *Asahi Shimbun*, no Japão, onde Lili se apresentou 25 anos antes. Logo começou a se formar uma onda de solidariedade humana e em se tratando de uma figura pública e estimada, uma onda de proporções diluvianas. Telegramas, telefonemas, fax, e-mails, orações e mais as pessoas que queriam levar seu apoio pessoal; e mais as pessoas com experiência de sequestro que pretendiam aconselhar e orientar; e mais as pessoas sugerindo rezas e "simpatias"; e mais um batalhão de jornalistas dispostos a acampar nas cercanias do prédio; e mais Sônia, irmã de Alberto, que despencou de Salvador e passou a organizar correntes de fé no *playground*. Uma romaria sem fim que arrastou até vendedores ambulantes para a porta do edifício e transformou o lar dos Calmons num pandemônio, obrigando Alberto a fechar as portas e guardá-las com agentes de segurança.

Debaixo de uma pressão intolerável, o empresário convocou a maior rede de televisão do país e, ao lado da família, agradeceu as manifestações, pediu que polícia e imprensa se mantivessem distantes do caso e implorou às pessoas que respeitassem aquele momento de dor deixando a família recolhida às suas preces. No final, com o talento de um ator canastrão, alertou os sequestradores para os problemas cardíacos da mãezinha querida. Dia seguinte, nem o vendedor de cachorro-quente apareceu, em compensação as manifestações indiretas de reconforto dobraram de tamanho. Alberto levou duas secretárias da fábrica para receber as correspondências e atender o telefone que tocava sem parar. No meio de tantas chamadas, uma para o garoto.

— Julinho? É Laura!

O susto foi maior do que se a ligação tivesse vindo dos sequestradores. A cabeça do garoto estava a milhares de quilômetros da menina, às voltas com as mensagens que chegavam pelo computador. Laura explicou que ligava para dar uma força; não o reconheceu na televisão, mas associou-o à cantora lírica que ele mencionou na carta. "Não sabia que você era neto de Lili Ferrucci".

— É... sou — foi tudo o que conseguiu mencionar.

— Tem notícias dela?

— Está bem. Pelo menos eles ligaram e disseram que ela estava bem, mas fico preocupado. Nenhum sequestrado pode estar bem e vovó tem quase 80 anos.

— Vocês já pagaram o resgate?

— Papai está conseguindo o dinheiro. Eles pediram um milhão mas já baixaram para 500 mil.

— É sempre assim — disse ela, narrando o caso do pai de uma colega que acabou sendo libertado por 10 mil dólares.

Aquela conversa formal que por momentos mais parecia parte de uma transação mercantil repôs o garoto nos eixos, pelo menos até onde é possível recuperar a calma, agitando-se em dias que lhe consumiam uma banheira de combustível emocional. Assim, quando Laura mudou de assunto, comentando que ele havia ficado de ligar novamente e desapareceu, Julinho, sem pensar, deu-lhe a melhor resposta:

— Fui obrigado a desaparecer!

— Como assim?

— Um dia eu lhe conto. Logo que você me permita reaparecer.

— Quando quiser...

— Você diz isso porque está com peninha de mim.

Julinho riu da própria ironia. Falava com o desembaraço e a segurança dos que têm as emoções sob controle. Fosse pelo flagrante na escola, fosse pelas atenções voltadas para a avó, o garoto sentia a menina a uma distância que não ameaçava seu raciocínio. Pronto para o que desse e viesse, foi em frente:

— Você diz que posso reaparecer quando quiser! Pode ser... agora!?

— Agora estou de saída. Vou fazer um teste para um comercial de televisão.

— Você é ocupada demais, Laura — reclamou cortês.

— Mas pode ser amanhã.

— Marcamos na pracinha?

— Combinado. Se não puder ir por causa da sua avó, telefona aqui pra casa e deixa recado.

— Vovó gosta muito de nós dois — brincou. — Ela não vai atrapalhar nosso encontro!

Julinho deixou o telefone aos pulos, dando socos no ar e urros de alegria. As secretárias do pai correram a perguntar se Lili havia sido libertada.

— Eu é que escapei do cativeiro da paixão — respondeu enigmático.

•

O delegado Peixoto da Divisão Antissequestro inaugurou as ligações do dia: tirou a cabeça de Alberto do travesseiro para informar que tinha Mário Miquimba à sua frente. Uma ronda da 18ª DP capturou-o na estação rodoviária quando tentava embarcar para Campos dos Goytacazes, no norte fluminense.

Alberto informou a Vera, lavou-se rapidamente, saiu do quarto abotoando as calças e no corredor foi interceptado por Julinho, ainda estremunhado, querendo saber se a ligação trazia alguma novidade sobre a avó.

— Prenderam aquele moleque safado!

A resposta de Alberto soou como uma corneta nos ouvidos do filho, que ainda tinha boa parte do corpo e da mente adormecidos. Ligou-se dos pés à cabeça, enfiou uma camiseta e disse:

— Vou com você, pai!

— Não vai não.

— Por que não?

— Porque você não tem nada o que fazer lá.

O argumento era irrespondível: Julinho não passava de um figurante sem fala na cena do sequestro e, oficialmente, não tinha nenhuma razão para acompanhar o pai. Isso, é claro, se do outro lado não estivesse o ex-amigo que lhe devia algumas explicações desde a noite do Municipal. Ademais, o pai recusara sua companhia de forma tão contundente que o garoto não pôde deixar de pensar que ele queria evitar o reencontro dos dois. Aí deu mais vontade a Julinho de seguir com Alberto.

— Vão espancar o Miquimba na delegacia, pai — disse, como se sua ida pudesse evitar.

— Aquele safado bem que merecia.

— Vou com você!

— Não vai, Julinho! — a voz do pai desceu afiada.

— Que que tem eu ir?

— Sua mãe pode precisar de você — baixou o tom.

— Precisar pra quê? Qualquer coisa tia Sônia taí, Maria taí, o policial taí. Vou com você!

— Não vai, Julinho — gritou. — Já disse que não vai!

Vera apareceu no corredor em defesa do filho.

— Deixa ele ir, Alberto!

— Ele não vai, Vera. E, por favor, não se meta! Ele não tem nada a fazer na delegacia. Isso é um assunto sério, um caso de polícia. Não quero ver meu filho envolvido com esse marginal de novo. Quando ele tiver o dinheiro dele e morar na casa dele, faz o que quiser, o que der nessa cabeça desmiolada, mas enquanto for sustentado por mim vai ter que me obedecer — elevou a voz e sentenciou com firmeza: — Ele não vai à delegacia. Ponto final!

Virou-se num movimento brusco e saiu, deixando o estrondo da porta da rua ecoando nos ouvidos de Vera e Julinho.

•

O delegado Peixoto esperava por Alberto, sozinho em seu gabinete. Se é possível distinguir traços de personalidade a partir do ambiente de trabalho, dir-se-ia que o delegado, com suas unhas feitas e seu bigodinho aparado, era um homem asseado e organizado. Seu gabinete, antítese das salas de outras delegacias, provocava uma sensação de limpeza semelhante aos hospitais para ricos. Antes de introduzir Miquimba, achou por bem atualizar Alberto quanto aos últimos movimentos no tabuleiro do sequestro.

— Dona Lili realmente nos enviou uma mensagem ao incluir por três vezes a palavra *pietà* naquele trecho da ópera de Verdi. Ontem à noite estouramos o cativeiro dela em... Piedade! Atrás de uma birosca na favela Vila dos Mineiros. Não se assuste, doutor: estava vazio. Eles com certeza se mudaram para um local mais seguro, mais distante, depois que a notícia transbordou pela imprensa. Estão se cercando de cuidados, assustados com a repercussão. Estou certo que eles não sabiam que dona Lili é uma personalidade de renome internacional.

— Como não sabiam? Miquimba foi à festa...

— Vamos falar sobre isso depois, se me permite. O que importa é que aumentaram as chances da senhora sua mãe ter a vida preservada. Eles sabem que se acontecer algo a ela serão perseguidos até o fim do mundo. O senhor já tem o dinheiro?

— Estou conseguindo. Ninguém guarda meio milhão de dólares debaixo do colchão.

— Nem o senhor, que tem uma fábrica deles? — brincou o policial.

— Estou descapitalizado — prosseguiu Alberto, indiferente à brincadeira. — Acabei de investir muito dinheiro na ampliação da fábrica... Mas vou conseguir!

— Quando eles voltarem a telefonar, baixe a oferta. Faça isso! Eles vão aceitar. Já perceberam que estão com uma batata quente nas mãos. O senhor tem 200 mil agora? Pois diga que foi tudo que conseguiu reunir. Diga que o resto vai demorar, que os bancos não estão emprestando, invente uma mentira, o senhor é um empresário, saberá o que dizer... — concluiu o delegado com educada malícia.

O pensamento de Alberto naquele momento usava antolhos, impedindo-o de perceber, à lateral do tema central, as sofisticadas intervenções do delegado Peixoto.

— O problema é que eles custam a ligar — resmungou.

— E agora vão demorar mais ainda, à espera de que baixe a poeira levantada pela mídia. Isso de certa forma nos dá mais fôlego e tempo para avançar nas investigações.

— Esse moleque safado não confessou?

— Ele não sabe de nada!

Alberto foi do susto à indignação:

— Como não sabe?

— Sabe tanto quanto o senhor. Ele não está envolvido. Apertamos ele aqui durante quatro horas, desde que chegou da 18ª às duas da manhã.

— Mas... mas...

— Esses meninos não são como os antigos presos políticos. Eles não têm uma causa e quando mentem logo se contradizem. Se estivesse envolvido, nós saberíamos com quinze minutos de interrogatório.

Alberto seria capaz de apostar o dinheiro do resgate da mãe na participação de Miquimba. Com duas frases, no entanto, o delegado botou abaixo suas certezas construídas sobre uma lógica irrepreensível. Ainda bem que o empresário não é desses de se deixar convencer facilmente e, antes de aceitar a afirmação do delegado, preferiu suspeitar da eficácia da polícia, mesmo numa área em que os policiais eram mestres: arrancar confissões.

— Posso vê-lo?

— Foi para isso que o chamei, doutor — respondeu Peixoto em cima, pedindo pelo interfone que levassem Miquimba à sua sala.

O mulato entrou em passos lentos, cabeça baixa, e atravessando na frente de Alberto parou diante do delegado, sem disfarçar os pulsos unidos pelas algemas. O empresário sentiu o sangue subir enquanto Peixoto perguntava num tom polido, nada policial:

— Você conhece esse senhor?

Miquimba surpreendeu os dois ao dizer que sim, sem tirar os olhos do chão, sem olhar Alberto. Talvez nem o delegado soubesse que os olhos de um menino de rua — em estado de alerta permanente — se movimentam a uma velocidade muito superior aos de um simples mortal.

— De onde você o conhece? — Peixoto buscava confirmação.

— Ele é pai do Magrão — murmurou.

— Fala alto!

— Ele é pai do Julinho. Já morei uns tempos na casa dele.

— Você conhece a mãe do doutor, dona Lili?

— É uma coroa muito gente fina — fez uma pausa. — Só o Magrão e ela me davam papo naquela casa.

— Isso não é verdade — interveio Alberto de súbito —, todos falavam com você. Só que eu não tenho nada pra conversar com um marginal.

— O senhor não ia com a minha cara — respondeu Miquimba sem levantar a cabeça. — Eu saquei isso...

— E estava certo! — emendou Alberto, raivoso — Porque você tem cara de quem não vale nada; tem cara de moleque safado, de pivete criminoso, que é o que você é! Ainda não estou convencido de que você não matou meu segurança.

— Eu não matei ele. Ele é que quase me apagou!

— E teria feito muito bem, porque se você estivesse morto minha mãe não teria sido sequestrada — e partiu para cima do mulato, sacudindo-o pelo pescoço. — Seu filho da puta assassino! Onde ela está? Fala! Fala senão eu te mato!

Alberto parecia enlouquecido e o delegado teve que contê-lo com decisão para que não asfixiasse o mulato.

— Não fui eu! Não fui eu! — Miquimba elevava a voz até chegar ao choro histérico. — Não fui eu que sumiu com ela! Eu já disse que não fui eu! Por que ninguém acredita em mim? Não fui eu! Eu já disse! Não fui eu! Não fui eu! Não fui...

— Fecha essa matraca, porra! — berrou o delegado para tirar Miquimba do estado de choque.

— Isso é o que você diz — vociferou Alberto recompondo-se na voz e nos modos. — Mas você é um mentiroso de marca. Quem pode acreditar num merdinha que mente até quanto ao próprio nome?

— Não fui eu que inventou o nome — choramingou. — Nem sei que nome era...

— Fui eu, pai. — Julinho estava parado na porta, sem ser percebido. — Fui eu que inventei um nome pra ele.

— Não falei pra você ficar em casa? — esbravejou Alberto de dedo em riste, ao tempo em que Miquimba chorando e tremendo corria para Julinho.

O garoto deu um passo para o lado, evitando o contato físico, e manteve a expressão dura que tanto valia para o pai quanto para o mulato. Peixoto puxou Miquimba que desceu o corpo e, ajoelhado, retomou a crise:

— Não fui eu, Magrão! Juro que não fui eu! Diz pra esses caras que não fui eu, que eu nem sabia. Porra, Magrão, fala pro teu velho que não fui eu. Eu nunca menti pra você, cara...

A essa altura já havia três detetives amontoados à entrada do gabinete esperando por um gesto do delegado que ia rearrumando as cadeiras e o sofazinho à medida que os esbarrões afastavam-nos da posição original. Diante da cena, Julinho quase se convenceu da inocência de Miquimba, mas precisava retirar a espinha que tinha atravessada na garganta:

— Por que você desapareceu no Municipal?

— Porque não me senti legal, cara — o mulato acalmava-se e falava entre soluços —, porque aquele não é meu som, não é meu céu, não é minha festa. Dá pra sacar? Porra, cara, eu tinha que me mandar pra junto dos meus camaradinhas rindo pra mim ali na rua. Senti que não tinha que tá ali sentado naquelas poltronas de veludo. Só fui mesmo porque sua avó disse "Miquimba, você também vai", e eu fui. Você sabe. Você sabe que eu ia ralar na véspera e só maneirei por causa da dona Lili. Foi ou não foi? Foi ou não foi?

Julinho concordou sem mover um músculo do rosto que permanecia empedrado. Depois virou-se para o delegado à espera de um veredicto oficial.

— Ele é inocente — confirmou Peixoto. — Não tem ideia de como se opera um sequestro.

O mulato sorriu, um sorriso escondido, mas Julinho ainda precisava de um esclarecimento sobre a afirmação do delegado em sua casa, de que os sequestradores conheciam os hábitos de sua avó.

— Pra isso eles não precisam ter alguém infiltrado na família — ponderou o delegado —, aliás, quase nunca agem assim. Foi gente de fora!

O garoto nem precisou ouvir o final da frase para se dirigir ao mulato, e com ares de quem coordenava as investigações, perguntou pelo irmão.

— Meu irmão? — Miquimba não esperava pela pergunta. — Sei lá, malandro. Tem anos que não vejo a figura. Tá em São Paulo!

— Temos conhecimento de que Jorge Degrau voltou a agir no Rio há alguns meses — declarou Peixoto, solene.

Os olhos do mulato giraram com um brilho especulativo que não foi percebido pelos presentes. Alberto, completamente emudecido, cobria os olhos com uma das mãos em aba, afundado no sofá, recuperando-se do ataque de nervos que o deixou envergonhado. Julinho foi-se sentar do outro lado como um advogado sem mais perguntas e o delegado, esvaziando o cinzeiro na lixeira, chamou os auxiliares para recolherem o mulato. Ao passar por Julinho, Miquimba lançou-lhe um olhar de agradecimento e o rosto do garoto ganhou alguma suavidade ao perguntar:

— Você estava indo a Campos pra ver a Ursa Maior?

— Também — respondeu o mulato, fraternal. — Mas o que queria mesmo era me mandar daqui depois que vi na televisão o sequestro da dona Lili. Sabia que ia sobrar pra mim!

Os policiais deram-lhe um cutucão, o grupo deixou a sala e todos ouviram Miquimba gritar lá de fora:

— Magrão! O trato da gente ver a Ursa Maior tá de pé!

Alberto relaxou no sofá, como se a postura contraída tivesse a ver com a presença do mulato, e Julinho aproximou-se do delegado querendo saber das razões das algemas, "se ele é inocente..."

— Há uma acusação contra ele de tentativa de homicídio num tumulto entre pivetes na Cinelândia. Ele agora vai para o juizado e depois será levado para uma escola de menores infratores, onde ficará aguardando julgamento.

Alberto mexeu-se no sofá e comentou sarcástico:

— Não dou 48 horas pra ele escapar.

14

Alberto errou por muito no seu prognóstico: Miquimba nem chegou a ficar de pé diante do juiz de menores. No caminho entre a DAS e o juizado de menores, a viatura oficial foi interceptada por dois carros de onde saltou um pessoal encapuzado portando armas pesadas que imobilizou a dupla de policiais e carregou com o mulato. Ali, naquele momento, a vida de Miquimba girava num cavalo de pau e mudava de curso.

Julinho nem sabia se voltaria a ver o amigo redivivo e parecia conformado, mas não aguentava a carga que o pai insistia em fazer contra Miquimba. No carro, Alberto deslocou o eixo das acusações para a tentativa de homicídio na Cinelândia ("esse moleque safado é um aprendiz de assassino!") e o garoto já não tinha ânimo para dizer-lhe que mais uma vez estava errado. Sua cabeça afastara-se de Miquimba à saída da delegacia e dirigia-se em feliz expectativa para o encontro com Laura. Assim, quando o Mercedes passou perto da barbearia, pediu ao motorista para parar, largou o pai com uma frase incompleta pendurada na boca e foi reduzir sua vasta cabeleira a um corte à escovinha. Queria aparentar mais idade.

O apartamento permanecia submerso numa atmosfera de irrespirável ansiedade. No abrir da porta, Julinho percebeu que nada mudara, como se os micróbios e partículas de poeira continuassem dançando sem sair do lugar. O telefone tocava alucinado, o computador recebia mensagens sem parar, o fax vomitava línguas de papel e os pacotes e embrulhos chegavam num ritmo de doações a flagelados, contendo terços, ferraduras, pés de coelho e imagens sacras. Tudo reunido daria um belo acervo para iniciar um Museu do Sequestro.

O garoto passou os olhos no correio eletrônico e fechou-se no quarto para concluir o rosto de Laura, sem qualquer interesse em exibir seu novo corte aos pais. Vera, na certa, teria uma reação assustada — "Meu filho! O que você fez com seu cabelo?" — e Alberto talvez encontrasse naqueles fios curtinhos mais um pretexto para censurar Miquimba. Saco!

Julinho observou o desenho com que pretendia presentear a menina e notou a mesma falha de sempre na proporção do crânio. O professor já lhe demonstrara milhares de vezes que "os olhos cortam a cabeça ao meio", mas o garoto insistia em fazer a metade superior menor do que a inferior, uma incorreção que desprezava por sabê-la cometida também por Van Gogh nos primeiros desenhos. Julinho corrigiu a testa — Laura tinha a testa alta e arejada das mulheres inteligentes — e partiu para os olhos, negros, miúdos, agitados, que ficaram no esboço. Uma das secretárias de Alberto apareceu para comunicar que Bernardo estava ao telefone.

— Diga que...

— Ele reclamou que é a quarta vez que liga e você não retorna.

Tinham muito que conversar, mas de cara Bernardo queria saber da avó, cujo sequestro saiu em todos os jornais da Cidade do México. Depois, quando Julinho perguntou se já estava adaptado à terra dos sombreiros, o amigo falou-lhe dos estranhos nomes astecas — "aqui tem uma água mineral chamada Teotihuacan" —, da extravagante comida mexicana, e convidou o garoto a passar as férias com ele, quando poderiam viajar juntos à Califórnia.

— É uma boa. Só não sei se o velho vai ter grana pra minha passagem.

— A fábrica de colchões faliu?

— Ele está juntando todas as moedinhas para pagar o resgate da vovó.

A ligação se estendeu por mais de uma hora, com uma breve interrupção provocada pela bronca de Alberto para que Julinho deixasse livre o telefone conhecido dos sequestradores. Bernardo deixara o Brasil havia seis meses para acompanhar o pai, nomeado cônsul-geral na capital mexicana. Os garotos se conheciam desde o jardim de infância e sendo ambos filhos únicos, acabaram virando irmãos: Julinho dormiu muito em casa de Bernardo e vice-versa, e juntos reuniram muitas histórias de aventuras e desventuras. Bernardo era o único *fidus Achates** para quem Julinho entreabria as portas do seu coração, desse modo não procurou evitar que Laura desembarcasse na conversa.

— Laura de quê, *muchacho*?

— Cunha Bueno.

— Conheço! — exclamou o outro. — Poxa! Se é quem tô pensando, manjo demais. Ela mora aí perto da sua casa? Um prédio cinza? Morena clara, cabelos negros.

— É essa mesmo!

— O pai dela também é diplomata. Foi colega do velho no Instituto Rio Branco. Ele hoje está servindo na ONU, em Nova York.

— Pô, cara! Que coincidência!

— Fomos amigos de infância. Nossos pais se visitavam. Fui a muita festinha de aniversário na casa dela.

— Você nunca me falou nada — cobrou Julinho.

---

* Amigo íntimo e fiel.

— Você nunca me perguntou.

— Ela tem namorado?

Bernardo disse que perdera o contato, que a vira umas duas vezes num *point* de azaração, mas que pouco antes de viajar cruzara com ela num *shopping* "e Laura estava abraçadinha com um cara, feito dois pombinhos".

— Dispenso os detalhes, Bê — reagiu o garoto. — Era um baixinho de brinco na orelha?

— Baixo? Então ele encolheu. Era um cara enorme, massa, acho que é nadador do Flamengo.

Julinho apreciou saber que não era o baixote, admirando-se do gosto eclético da menina. Expôs seu raciocínio para o amigo: se Laura não esquenta lugar com namorado, suas chances de ganhá-la tornavam-se maiores. Despediu-se quando Bernardo, provocador, contra-argumentou: "Em compensação, suas chances de ficar com ela também são mínimas".

•

O garoto caprichou no visual. Trocou o tênis por um mocassim, umedeceu os cabelos, rapou a meia dúzia de pelos que se adiantavam à barba, vestiu a roupa que envergara no Municipal e pediu a Vera o celular emprestado, que tanto serviria para uma emergência, como para conferir ao garoto um *status* de adulto. Fez algumas poses diante do espelho, enfiou o desenho de Laura num envelope pardo e marchou para a pracinha decidido a se passar por um maduro jovem de 19 anos. Tinha altura e conteúdo para isso.

Nem sentou-se. Diferente das outras ocasiões em que quase pedia licença ao banco para se instalar, desta vez manteve-se ereto, colocando um dos pés sobre o assento com a convicção de quem era dono do pedaço. Algo mudara em Julinho e talvez ele devesse agradecer ao baixote de brincos que o arrancou de suas fantasias e o levou de volta à dura realidade do mercado afetivo. O garoto mantinha as emoções em ordem.

Impaciente com a demora da menina, retirou o pé do banco, girou o corpo numa atitude estudada e caminhou pela praça pra conseguir um ângulo que lhe permitisse ver toda a extensão da calçada até a rua Jardim Botânico. Laura surpreendeu-o pelas costas. "Desculpe o atraso." Julinho virou-se e reagiu sem gaguejar:

— Veio de onde? Caiu do céu?

Laura sorriu e Julinho pôde repousar seu olhar sobre ela com a serenidade que não lhe foi permitida na papelaria, o único instante em que os dois estiveram cara a cara. O garoto admirou-a e se debruçou nos seus olhos, como que a buscar detalhes para completar o desenho. Laura estava luminosa, produzida como fazem as mulheres em situações especiais, recendendo àquele frescor de quem acabara de sair do banho. Julinho, vendo-a ali disponível, à sua frente, em carne e osso, não pôde deixar de sentir a realização de um sonho.

— Não fui à aula de dança — ela se explicava —, tive que ir ao centro tirar o passaporte que vou viajar...

— Nova York? — cortou o garoto.

— Como você sabe?

— Tenho uma bola de cristal em casa — a menina olhou-o com alegre desconfiança e ele convidou-a a sentar-se no banquinho. — Ele vai ficar feliz de me ver com você. Tem sido testemunha das minhas aflições.

— Nunca percebi você sentado nesse banco.

— Eu sou insignificante mesmo — brincou.

Julinho experimentava uma agradável sensação de vitória que aumentava seu tônus e o deixava mais seguro de si. Atravessara meses de angústia querendo entronizar Laura no banco e, de repente, quando já tirara o time de campo, a via sentada ao seu lado, pernas cruzadas, balançando levemente o pezinho solto no ar. A menina observou à volta, conferindo o cenário:

— Sabe que moro aqui há anos e nunca prestei atenção nesta praça?

— Pois eu sei tudo. Pode perguntar o que quiser.

— Como você sabe que vou pra Nova York?

— Posso ver a palma da sua mão direita? — Laura estendeu-a, Julinho pegou-a com a delicadeza dos desenhistas e, fingindo analisar as linhas, disse muito sério: — Você tem um parente que mora lá. Um parente próximo, muito próximo.

— Ah! — a menina ampliou o sorriso. — Não vale! Alguém lhe falou do papai...

Julinho ria, Laura ria e isso era um bom sinal: nada impulsiona mais um projeto afetivo do que a capacidade de os dois rirem juntos. O garoto livre de seus fantasmas, exibia graça, humor, ironia, e Laura, por sua vez, mostrava-se agradavelmente surpresa com a companhia. Sentindo-se à vontade, ela contou das atribulações de fim de ano, a viagem, a formatura do segundo grau (era a tesoureira da turma), sua festa de aniversário. "Você vem, não?"

— Preciso consultar minha agenda — respondeu ele com falsa importância.

— Vem sim que tá faltando rapaz. Tem muita menina sobrando.

— Você certamente não estará entre elas.

— Como assim?

O garoto pediu a palma da mão de Laura novamente:

— Quem é esse baixinho que estou vendo aqui de brinco na orelha?

— Puxa? Você sabe tudo sobre a minha vida!

— Quero ser seu biógrafo.

— Ele é meu colega do curso de italiano. Saímos algumas vezes...

— Sei. Para praticar a língua — emendou o garoto, venenoso.

A menina lançou-lhe um olhar crítico e Julinho percebeu o quanto tinha sido infeliz naquela sarcástica manifestação de ciúmes. Um silêncio constrangedor cortou o fluxo de energia e o garoto se apressou em corrigir a impropriedade:

— Desculpe. Foi uma brincadeira de mau gosto.

Uma reação inesperada que somou pontos para Julinho. A menina permaneceu fitando-o, como que a conferir a sinceridade de suas palavras, e o garoto encarou-a, olho no olho, observando a transparência e a espontaneidade refletidas naquele par de jabuticabas. Se, como diz o poeta, "os olhos são a janela da alma", a alma de Laura vive exposta sobre a vida. O garoto desceu o olhar, escorregando-o pelo nariz, e notou que a boca do desenho precisava de reparos. Existem bocas feitas para falar, outras para comer, outras para beijar. Os lábios de Laura eram cheios e úmidos, lábios de paixão. A menina percebeu o olhar de Julinho colado em sua boca.

— Me fala um pouco de você. Tá estudando o quê?

Era a pergunta que Julinho temia, inevitável. Um maduro jovem de 19 anos não poderia estar cursando o segundo ano do segundo grau. Empenhado em cativar pelas qualidades, como fazem todos, o garoto não relutou em mentir. Tirou o desenho de dentro do envelope e entregou a ela, numa resposta sem palavras. Laura observou com atenção e perguntou a razão do rosto sem olhos.

— Porque só agora estou podendo ver seus olhos.

— Ah! Sou eu?

Julinho não se importou com o comentário: sabia que um rosto sem olhos é como uma roseira sem flor. Além do mais, qualquer coisa que ela dissesse seria melhor do que continuar falando de estudos. Explicou-se porém, informando que ninguém reproduz rostos sem a presença do modelo, uma foto que seja, e ele não dispunha de nada além das lembranças. Desenhara com o coração.

— Podemos terminar o desenho?

Laura tinha mais o que fazer, mas dobrou-se àquela inédita homenagem. Seguiram até a papelaria onde Julinho comprou um lápis e, antes de retomar o desenho, fez ques-

tão de repetir a cena do esbarrão no primeiro encontro. Laura ria, sem lembrar, enquanto a vendedora, atônita, observava os dois movimentando-se como num ensaio de teatro. Julinho fixou a menina na posição em que ele lhe entregou a sacola, foi para trás do balcão, afastou a vendedora e recomeçou o desenho. Não demorou e a moça disse que precisava fechar a loja. Julinho pediu mais uns minutinhos pelo amor de Deus e ela deu; tornou a implorar por mais uns segundinhos, ela não deu e Laura sugeriu que prosseguissem na mesa da pizzaria. O telefone celular tocou e Julinho saiu em definitivo do "estado de desenho".

— Vou ter que ir. Estão procurando por mim.

Pelo tom de sua voz, Laura nem precisou perguntar se era algo ligado ao sequestro da avó. No entanto, pediu para ver como estava o desenho.

— Agora não — recusou o garoto. — Com um olho só fica horrível. Podemos terminar amanhã?

Laura assentiu sem vacilar.

•

Apenas o ruído das máquinas agredia o silêncio do apartamento. Mais um dia despedia-se do calendário sem que surgisse nenhum acontecimento capaz de torná-lo inesquecível. A única ligação do delegado Peixoto foi para comunicar a fuga de Miquimba, que levou Alberto a gemer por entre os dentes "polícia de merda!"

O grau de agastamento das pessoas crescia na razão direta do tempo de espera. À margem do sofrimento pelo cativeiro da mãe, Alberto colecionava motivos para ver aumentar sua irritação. Um deles estava ali, em suas mãos, entre as mensagens de apoio e solidariedade recebidas, um fax do pastor, pai de Buck: "O Senhor é tardio em irar-se, mas grande na força e ao culpado não tem por inocente (Naum 1:3)".

Julinho chegou e imediatamente sentiu que deveria deixar as alegrias trazidas da pracinha no cabideiro da entrada. Enfiou a menina na gaveta e recuperando o tom de padecimento geral foi à mãe saber o porquê de sua convocação.

— Ligaram duas vezes pra você, filho. Seu pai acha que foi o Miquimba!

O garoto não se surpreendeu com a fuga do mulato, mas não via nenhuma razão no seu telefonema. Atribuiu as suspeitas do pai a uma ideia fixa e atirou-se no sofá ao lado da mãe. Vera segurou sua mão sem dizer nada, perdera o jeito elétrico, sob o efeito dos sedativos, e revelava um crescente abatimento. Durante o dia tentara espairecer indo até a loja, mas só piorou as coisas: a cada minuto surgia alguém, pessoas desconhecidas, arriscando um olhar, um cumprimento, algumas palavras, ao sabê-la nora de Lili Ferrucci.

Alberto juntou-se aos dois, antes que explodisse sozinho na varanda, e logo entrou Sônia que terminara as correntes de fé no *playground*. A irmã de Alberto era a única que demonstrava uma disposição inesgotável para falar, como se matraqueando sem parar afugentasse sua dor.

— Sabe quem veio participar hoje das orações, Alberto? A Didi! Lembra-se dela?

Alberto nem se lembrava da gravata da véspera.

— Como não lembra? De Salvador! Colégio Dois de Julho! Ela ia estudar lá em casa. Você queria namorá-la a pulso!

— Ãh, sim... — murmurou ele, fingindo lembrar.

— Tá a mesma cara. Sabe o que ela disse? Que mamãe está pagando seus pecados por ter fugido com aquele tenor.

— Você mandou ela tomar no...? — reagiu Alberto, furioso.

Vera compreendia mal o interminável falatório da cunhada, interpretando-o como uma certa irresponsabilidade de sentimentos e para evitar que Sônia continuasse alimentando lembranças de antigas paqueras do marido mudou o rumo da conversa. Perguntou a Alberto se havia conseguido o resto do dinheiro.

— O banco vai liberar amanhã — disse preocupado.

— Mas se os sequestradores ligarem hoje você não combina nada — aconselhou Sônia. — É melhor esperar pelo dinheiro na mão. Você sabe como são esses bancos...

— Aliás, nem sei por que Alberto tem que pagar esse resgate sozinho — cutucou Vera, de implicância com a cunhada.

— Ele não me pediu nada.

— Nem tinha que pedir. Você é que devia oferecer. Ela também é sua mãe. Ou não é?

Pintou um clima no salão.

— Não seja por isso. Diz quanto você quer que mando o Tales depositar.

— Não quero nada, que o dinheiro não é pra mim.

— Você entendeu o que eu disse.

— Diz a ele para mandar a metade: 250 mil dólares!

— Tudo isso? Não sei se ele tem esse dinheiro à mão.

— Tem sim — Vera tornou-se cínica. — Isso não é nada para o Tales, com aquelas fazendas de cacau!

— Você sabe em quanto caiu o preço do cacau? Tales está cheio de dívidas, minha filha.

O estudo de um psicólogo americano revelou que o relacionamento de quatro pessoas mantidas dentro de um barco navegando em condições adversas, começa a se deteriorar em quatro ou cinco dias. A família Calmon, à deriva, estava dentro do prazo e somente ensarilhou as farpas ao ouvir o toque do telefone. Os quatro se entreolharam emudecidos, correram ao escritório e encontraram o policial com o braço estendido e o fone na mão:

— É para o Julinho.

O garoto colocou o fone no ouvido e ouviu:

— Magrão! Sua avó foi libertada!

15

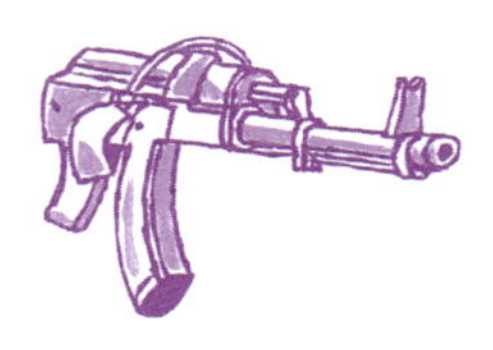

Passava um pouco das onze da noite quando um táxi parou diante do prédio de Alberto. O motorista desceu, contornou o carro, abriu a porta traseira e eis que surge a grande diva do canto lírico, envergando seu *jogging* matinal, sujo e amarfanhado, esforçando-se para manter o controle sobre as pernas e não perder a majestade. Conteve-se alguns segundos para os *flashes* dos fotógrafos, convidou o motorista a posar com ela e perguntou com sua voz estentórea:

— Quem vai pagar o táxi? — ato contínuo, pôs-se na pele da *Marechala* e cantou um trecho da ópera *O cavaleiro da rosa*.

Mais rápida que os repórteres, a polícia cercou-a e levou-a protegida à entrada do edifício onde a aguardava uma comissão de boas-vindas, o filho Alberto, a filha Sônia, o neto Julinho, a nora Vera, a empregada Maria, o delegado Peixoto e o policial de serviço na casa, cujo nome não foi revelado. Engolfada por abraços emocionados, Lili Ferrucci não verteu lágrima, comportando-se com a altivez de uma prima-dona ao final de um espetáculo inesquecível. Uma atriz perfeita, dando dignidade ao papel de sequestrada. Aos jornalistas que lhe pediam uma coletiva, declarou antes de desaparecer pela portaria:

— Não há o que dizer. Todo sequestro é uma ópera-bufa e todo sequestrado um bobo da corte.

No apartamento, Alberto arrumou as cadeiras em semicírculo à volta do sofá e o delegado Peixoto, um simétrico, rearrumou-as por não considerá-las corretamente alinhadas. Sentaram-se todos e Lili surpreendeu-os, retirando-se para um banho, o que mais queria no momento. À exceção de um breve comentário do delegado elogiando a fibra da velha, o grupo permaneceu em silêncio, ouvindo Lili trautear do banheiro uma alegre opereta americana. Maria acabou de botar a mesa, farta, e recostou no batente da porta da cozinha, à espera de ouvir revelações dignas de um final de telenovela. Lili reapareceu dentro do roupão roxo — com suas iniciais em dourado — que usava nos camarins da vida, serviu-se de chá e brioche e sentou-se no sofá, emitindo um longo suspiro:

— Era só um sequestro que faltava para enriquecer minha biografia!

Abriu-se à curiosidade geral. Vera perguntou se ela havia sofrido maus-tratos; Julinho perguntou como deixara o cativeiro; Alberto perguntou se reconhecera algum dos bandidos; Sônia perguntou se ela queria ver a pilha de mensagens e reportagens; e depois de todos o delegado Peixoto indagou se Lili gostaria de falar da ação do sequestro.

— Preferia jogar pôquer — a velha riu da própria zombaria.

Assustava ao delegado — e só a ele — a irreverência da velha diante da desgraça que a acometera. Ele não conhecia Lili, não tinha dela a visão de bastidor, embora pudesse desconfiar que já chegara a uma idade em que, como ela mesma dizia, tudo é lucro.

— Onde e como se deu o sequestro? — perguntou didático.

— Ali perto das casinhas dos pescadores. Dava minha caminhada de todas as manhãs e escutei me chamarem de dentro de um carro. Pensei num conhecido, talvez um admirador, e me aproximei. Saíram dois negões e me empurraram para o banco de trás, dizendo que era um sequestro, que ficasse calada, que nada iria me acontecer.

Alberto antecipou-se ao policial na pergunta seguinte:

— Eles chamaram você pelo nome?

— Foi. O rapaz branco, no banco do carona, gritou: "Dona Lili! Dona Lili!"

— Mas como eles sabiam seu nome? — voltou Alberto após uma olhadela sugestiva para o filho.

— Como vou saber como eles sabiam? — reagiu a velha.

— Todo mundo sabe seu nome, vó — o garoto respondeu ao pai sem encará-lo. — Você é tão popular quanto artista de novela.

Lili comentou do capuz que lhe enfiaram na cabeça quando o carro entrou no túnel Rebouças — "me senti um personagem do *Baile de máscaras*, de Verdi" — e o delegado parecendo seguir uma sequência ordenada perguntou-lhe sobre o cativeiro.

— Não era um cativeiro. Aquilo era um chiqueiro. Perto dele, o primeiro, na Piedade, era o Palácio de Versalhes.

— Onde ficava? A senhora tem ideia?

— Vou lhe dizer já — pensou um pouco. — Existe uma favela chamada Cachoeira Grande?

— Em Lins de Vasconcelos!

— Isso mesmo! Foi na rua Lins de Vasconcelos que peguei o táxi e o motorista falou da favela. O barraco ficava no alto do morro. Não tinha nada, chão de terra batida, um colchonete fedido e um buraco que me apontaram quando pedi para ir ao banheiro. Não sei por quanto tempo mais iria resistir se vocês não tivessem pago o resgate.

— Mas nós não pagamos o resgate! — corrigiu Alberto.

— Ah, não? Então não estou entendendo...

— Nós é que não estamos, mãe! — reagiu Sônia.

— Quem libertou a senhora? — interrogou o delegado.

— Não sei! — a velha passeou o olhar pelos presentes, atônita.

Segundo ela, a porta do barraco abriu-se de repente e permaneceu escancarada. Ela ficou aguardando que aparecesse alguém, que acontecesse alguma coisa e o tempo passava e aquela porta aberta, e ela olhando para fora e resolveu sair e foi saindo e saindo e começou a descer o morro e foi descendo desacompanhada e descendo às dez da noite sem que ninguém lhe incomodasse, sozinha pela favela, ela e Deus.

— Às vezes, eu tinha a sensação de estar sendo seguida — concluiu.

O delegado alisou seus bigodinhos bem aparados:

— Eles a soltaram. Muito estranho. Alguma coisa aconteceu que eles a soltaram...

— O senhor tem alguma ideia? — indagou Julinho.

— Hummm. Pode ter havido algum desentendimento entre eles. Isso já aconteceu. Se bem que anteontem um batalhão da PM andou dando uma *blitz* ali por perto, na Boca do Mato. Eles podem ter se assustado... não sei. É estranho.

Lili anunciou sua retirada, já falara o bastante, o cansaço minava sua resistência e ela não via a hora de se deitar sobre roupas de cama brancas e limpas e dormir num colchão de verdade. "Um colchão *Gold Mattress* de luxo!", acrescentou Alberto orgulhoso. Sônia e Vera pediram licença e também retornaram a seus colchões, saudosas do sono tranquilo perdido nas noites de terror. Antes de deixar a sala, a velha ainda respondeu a uma pergunta do delegado:

— Só uma curiosidade, dona Lili. Como a senhora sabia que estava na Piedade, para mandar a mensagem pela fita?

— Simples. Escutei uma mulher do lado de fora dando uma informação: "Encantado é a próxima estação, aqui é Piedade".

Entre os homens a fome parecia maior do que o sono e enquanto rodeavam a mesa beliscando queijos e embutidos, o delegado informava a Alberto que dona Lili deveria depor na delegacia para formalizar o inquérito e sugeria que ele a tirasse da cidade por uns tempos, para um local onde pudesse descansar, distante do assédio da mídia. Em seguida, pediu para ouvir a gravação do telefonema do sequestrador. O policial que desmontava a base de operações, recolhendo fios e aparelhos, apertou a tecla do gravador.

"Magrão. Sua avó foi libertada." "Magrão, sua avó foi libertada."

Alberto não acreditou no que ouvia.

"Magrão. Sua avó foi libertada."

— É o Miquimba! É a voz do Miquimba! — bradou.

"Magrão. Sua avó foi libertada."

— Só ele chama você de Magrão — falou ao filho. — É ele, porra!

"Magrão. Sua avó foi libertada."

— Eu não disse? — exaltou-se. — Eu não disse? Eu estava com a razão. Não sou doido nem idiota. Devia ter matado esse moleque na delegacia. Vocês dois me passaram um atestado de burro e eu estava certo!

Julinho e Peixoto ouviam calados. Alberto virou-se para o delegado, elevando sua fúria:

— Como é que o senhor vem me dizer que esse facínora é inocente? Que ele não sabia de nada? Que foi gente de fora? Depois ainda deixa ele escapar. Às vezes penso que a polícia está do outro lado. O senhor, um policial de respeito, um chefe de divisão, o senhor devia se envergonhar...

— Calma, pai. Vovó já está em casa...

— Não se meta, Julinho. Não se meta que você sempre defendeu esse moleque. — Alberto estava da cor do roupão da mãe. — Quero esse criminoso na cadeia! Ele e todo seu bando. Ou vou relatar aos seus superiores nossa conversa na delegacia, que é para eles saberem quem está à frente da Divisão Antissequestro!

Encolhidas no corredor, as três mulheres ouviram Alberto encerrar seu ataque apoplético.

•

O dia começou cedo na cobertura duplex da família Calmon, ainda que todos tenham se deitado de madrugada. A notícia da libertação da velha fora manchete em todos os telejornais matutinos e as ligações se sucediam sem pausa, entupindo a secretária eletrônica. Depois das primeiras chamadas, de jornalistas, às seis da manhã, ninguém mais atendia os telefones e Julinho antes de sair para o colégio baixou o som dos aparelhos, preocupado com o descanso da avó. Lili, às oito da manhã, já estava a postos, tomando seu suco de fibras, quando Alberto entrou na sala e surpreendeu-se ao vê-la de tênis e *jogging*. O dia começava cedo e quente.

— Onde a senhora pensa que vai? — perguntou depois de um "bom-dia" inaudível.

— Vou andar na Lagoa.

Alberto bufou e levou as mãos à cabeça.

— Quer ser sequestrada de novo?

— Quero! — Lili deu a resposta que cabia na pergunta.

Alberto olhou para Sônia que tomava café, como que pedindo apoio para demover a mãe daquele despautério. Como a irmã continuou calada, ele sugeriu, conselheiro:

— Mãe, volte pra cama. Você está fraca, estressada, debilitada.

A velha, decidida, rebateu argumentando que se "estivesse tudo isso" não teria conseguido levantar da cama.

— Estou me sentindo ótima e vou andar!

Dirigiu-se à porta, mas Alberto antecipou-se e tirou a chave. "Daqui você não sai!"

— O que é isso? Outro sequestro? Quer me manter em cárcere privado? — a velha ficou furibunda. — Se você não me deixar sair, vou embora desta casa.

— Pois vá! Arrume suas malas e vá!

— Também não precisa falar desse jeito, Alberto — intrometeu-se Sônia. — Se você está nervoso com o delegado, mamãe não tem culpa.

— Você fica fora dessa conversa! — rugiu ele.

— Por quê? — voltou a irmã, desafiadora. — Ela é minha mãe também!

— Então leve-a daqui e façam o que bem entenderem. Longe da minha vista.

Sônia agarrou o pulso da mãe e puxou-a na direção dos aposentos:

— Vamos, mãe! Vamos arrumar as malas e vamos pra minha casa. Aqui tá todo mundo muito histérico!

— É uma bela ideia — admitiu Alberto elevando a voz para que elas escutassem do quarto. — Aliás eu ia propor isso mesmo! O astral de Salvador vai lhe fazer muito bem, mãe!

A velha reapareceu na sala de dedo em riste:

— Quando voltar, vou comprar um apartamento e morar sozinha!

Alberto sorriu, recuperado emocionalmente, e teclou o celular para pedir à secretária na fábrica que comprasse a passagem do mesmo voo de Sônia.

— Anda rápido que ainda temos que passar na delegacia.

— E aquela multidão de jornalistas lá embaixo? — perguntou Sônia, dobrando o roupão da mãe.

— Deixa comigo que estou acostumada a lidar com a imprensa — afirmou Lili.

— Não senhora! — cortou Alberto.

— Não posso nem ser a personagem principal do meu próprio sequestro?

— Não senhora! Você vai sair direto pela garagem e

vou dizer a eles que você viajou para descansar. Eles vão entender. Todo sequestrado viaja depois que volta pra casa.

•

Julinho entrou em casa buscando pela avó, tinham muito que conversar a sós. Ele queria ouvir mais sobre o sequestro, queria perguntar — uma curiosidade que martelou sua cabeça no colégio — se ela em algum momento escutara o nome Jorge ou o apelido Degrau. Mas queria também contar as novidades com Laura, a ela, sua conselheira sentimental, que mesmo à distância, no cativeiro, fora responsável pela reaproximação dos dois.

O quarto de hóspedes voltou a ser um quarto sem hóspedes. O garoto assustou-se ao vê-lo sem vestígios de Lili, demorou alguns segundos tentando entender, até que uma suposição mórbida varreu-lhe a mente e ele saiu aos berros à procura de Maria. Esbarrou com o pai no corredor.

— Que aconteceu? Cadê vovó?

— Foi passar uns tempos com sua tia em Salvador.

— Mas... mas assim? Ela não me disse nada!

— Não teve tempo. Tomamos a decisão hoje pela manhã.

Julinho murchou tal um balão apagado. Seu fogo, que já andava baixo com os acontecimentos da véspera, extinguiu-se de vez pela ausência da avó e pela falta de consideração, que ninguém lhe consultou, nem deu importância, nem lhe disse nada da viagem: era um zero à esquerda dentro daquela casa! Alberto, ao contrário, mostrava-se leve, bem-disposto, ligando aos bancos para desativar as operações de empréstimo. O garoto aguardou-o terminar e perguntou sem viço:

— Já prenderam Miquimba?

— O delegado me disse, pela manhã, que ninguém sabe dele.

— Foram ao tio, na colônia de pescadores?

— Ele falou que o sobrinho desapareceu. O bando dele lá na Cinelândia também não tem notícias.

— E o resto da quadrilha? Não vão pegar?

— A polícia está sem pistas. A prisão de Miquimba é o fio da meada!

Julinho teve o súbito pressentimento de que o mulato seria apanhado no norte fluminense. Alguma coisa, porém, não estava lhe batendo bem nessa história: se Miquimba era personagem do sequestro, por que ligaria para sua casa sem ao menos disfarçar a voz? por que não cuidou para não ser reconhecido? O garoto trancou-se no quarto, batido e sem forças, sentindo-se a mosca do cocô do cavalo do bandido. Carregava tanta energia negativa que, ao atender a chamada de Laura, só poderia esperar que ela lhe dissesse exatamente o que disse:

— Não vai dar, Julinho.

— Já imaginava...

— Tenho uma reunião da comissão de formatura. Tá dando a maior confusão.

A última chance de Julinho ter alguma alegria no dia estrebuchava diante de uma longa explicação que não lhe interessava a mínima. "E amanhã?", perguntou sem entusiasmo.

— Amanhã tá pior ainda. Vou gravar um comercial para a televisão. Não tem hora para acabar.

O garoto fingiu-se curioso. Se não podia vê-la, que ao menos esticasse a conversa ao telefone para ouvi-la um pouco mais. Não te contei, não? Laura discorreu meia hora sobre a experiência, que era seu primeiro trabalho, que tudo aconteceu por acaso, que a agência era do pai de uma colega de turma, que tinha sido escolhida entre 32 candidatas, que era uma propaganda de tênis, que ela estava a fim de fazer carreira. A animação da menina atravessara a linha telefônica e transbordava do aparelho, inundando a apatia de Julinho. O garoto se sentia esmagado, no fosso do elevador, mas insistia:

— E depois de amanhã?

Aí mesmo é que Laura estaria muito ocupada, com a produção da festa do aniversário. A menina enumerou suas tarefas: encomendar doces e salgadinhos, alugar pratos e talheres — "que mamãe trabalha e não tem tempo" —, contratar um som, entregar ao DJ uma lista de músicas que não podem faltar, discutir a iluminação com o amigo que vai fazer a luz e ainda pensar no vestido da noite.

— Julinho, vamos deixar para nos encontrar na festa — arrematou.

— Você não tem nem um minutinho? Só para terminar o desenho. Falta um olho apenas.

Laura não cedeu e o garoto percebeu-se um chato insistente. Ao desligar, gostaria que o telefonema não tivesse existido.

•

Nos dias que se seguiram, Julinho aumentou consideravelmente a conta de telefone da casa, falando todos os dias — e às vezes por mais de uma ocasião — com sua amada avó. Ouviu todos os pormenores do sequestro, maravilhado com a atitude da velha, e desde logo ficou sabendo que ela lidou com um bando de homens feitos, seguros de suas ações, onde não cabia a adolescência irresponsável do mulato. Esgotado o assunto, o garoto pegou a palavra, monopolizando as conversas para falar de suas expectativas na festa de aniversário de Laura.

— Vou me declarar, vó!

A velha aconselhou-o a não abrir o coração na festa, e defendeu seu ponto de vista: uma aniversariante é muito solicitada, estará sempre no centro das atenções, não terá tranquilidade para ouvir, e qualquer declaração se fará fragmentada, aos pedaços, interrompida a todo momento.

— Mantenha seu olhar sobre ela, abertamente — continuou —; faça com que perceba que está ali só por causa dela, mas deixe para falar de amor depois: quando a festa for somente vocês dois.

— A questão, vó, é que vai ter um monte de paqueras em cima dela. Se bobear, eu danço!

Com a autoridade que lhe conferia um vasto currículo sentimental a incluir cinco maridos e incontáveis amantes e namorados, Lili negou tal possibilidade com veemência. Segura, afirmou que caso Laura se deixe levar por algum aventureiro, "é porque você já a tinha perdido, antes mesmo de começar a festa!". Julinho ouvia enlevado, a velha sabia de tudo, era incapaz de responder com "depende" ou "pode ser". Tinha suas respostas e considerações sempre precisas, como se estivesse com tudo pronto na ponta da língua. O garoto não tinha ideia do presente.

— Mande-lhe flores, *figlio*. Flores do campo, que são jovens, recendem a Natureza e liberdade. Mande entregar cedo para que ela acorde com as flores.

Julinho deixou para pensar à noite no cartão que acompanharia as flores, ou passaria o resto do dia escrevendo dezenas de textos, que nunca seriam do seu agrado. Tinha aula particular de matemática, intensificadas depois que a matéria segurou-o pelo pé, impedindo-o de passar direto. Mais tarde pretendia malhar na academia de jiu-jítsu para sacudir um pouco a poeira dos seus músculos preguiçosos. Queria estar nos trinques para o reencontro com Laura.

Na saída da academia, um negro surgiu das sombras e abordou o garoto:

— O Miquimba quer falar com o senhor! — disse respeitoso.

Julinho empalideceu, percebeu as pernas bambas e acompanhou o negão até um carro parado debaixo de um poste sem luz. Um outro negro forte saiu do banco do motorista, percorreu com as mãos o corpo do garoto, revistando-o, e logo abriu-lhe a porta traseira, cavalheiro. Em seguida os dois homens caminharam em direções opostas e plantaram-se nas esquinas, num comportamento típico de olheiros.

Recostado no assento, com pose de dono do mundo, Miquimba estava irreconhecível. Presepeiro como ele só, acendeu um charuto e na chama do isqueiro Julinho notou-lhe a calça branca, camisa estampada, jaqueta de camurça e um brilho metálico na cintura. O garoto não sabia o que pensar. O mulato deu uma baforada espalhafatosa de quem nunca fumou charuto e perguntou:

— Como vai dona Lili?

— Tá ótima. Foi passar uns tempos na Bahia.

— Adoro aquele velha!

O mulato arregaçou as mangas do casaco para deixar visível suas correntinhas de ouro no braço, deu outra baforada e teve um acesso de tosse. Julinho, mais à vontade, perguntou se ele tinha ganhado na Loto.

— Descolei um trabalho, cara.

— Posso imaginar... — voltou o garoto, ácido.

— Fica frio, Magrão. Tem um tempo? Tem um tempo pra gente levar um papo?

— Antes quero saber da sua participação no sequestro!

Miquimba virou o rosto, aproximou-o da janela para soltar a fumaça e olhou o céu.

— Me amarro no céu de verão. As estrelas aparecem mais cedo. Sabia que cada estação do ano tem um céu diferente? Olha como brilha a Betegesa (na verdade, Betelgeuse). Chega aqui. Dá uma olhadinha!

Julinho continuou impassível, cara amarrada.

— Fala logo ou vou me mandar.

— Ali está Capella. A professora disse que é a sexta estrela mais brilhante do céu. Acredita? — fez uma pausa, admirou o charuto e mudou o tom. — Tô trabalhando pro meu irmão.

O garoto saiu da passividade.

— O Jorge???

— Não tenho outro, xará.

— Foi ele quem sequestrou vovó?

— Positivo! — confirmou o mulato observando a fumaça.

— Com sua ajuda!

— Negativo!

— Mas... então como ele sabia?

Miquimba fez um movimento de cabeça conferindo os olheiros e ajeitou-se no banco como que a sugerir que a pergunta do garoto lhe exigia uma longa resposta.

Para que Julinho compreendesse melhor a história, que o próprio mulato somente entendeu depois do reencontro com o irmão, Miquimba regrediu no tempo, voltando ao assassinato de Buck. Foi Jorge Degrau quem fuzilou o segurança de Alberto, após saber pelo jornal do espancamento do irmão menor. "Ele, e esses dois negões aqui!" A partir daí, Degrau, que reorganizara o bando no Rio, destacou um "segurança" para seguir e proteger Miquimba. O mulato interrompeu a narrativa para uma consideração de ordem familiar:

— Jorge pode ser um bicho solto, mas é o melhor irmão do mundo. Os velhos nunca tinham tempo e foi ele quem cuidou de mim, me deu papinha, me limpou o cocô, me levava pra escola e lá no morro nunca deixou um menino maior fazer ruindade comigo.

A fuga do hospital apenas foi possível com a ajuda "daquele negão ali" que pulou um muro de quatro metros com o mulato no ombro e em seguida desapareceu sem se identificar, sem abrir o bico. "Lembra do quebra-pau na Cinelândia?" O mesmo negão atirou no pivete que estava pronto para abrir a carcaça do mulato. Julinho pede uma pausa e pergunta:

— Por que o Jorge não aparecia pra você, cara? Não entendo...

— Pra se proteger, mermão. Já imaginou se sei onde ele está, a polícia me pega e dou um vacilo? Ia ser moleza ela meter a mão no Jorge. Ele aprendeu isso com o Comando Vermelho, que aprendeu com os presos políticos da antiga. Também ele tava voltando ao tráfico e não queria ver o irmão de menor nessa barra-pesada. Eu saquei a dele! Tu não saca porque não tem irmão.

Degrau tomou conhecimento da aproximação de Miquimba com Julinho através dos relatos do "segurança" e, posteriormente, das informações do tio pescador, proibido de abrir a boca, sob ameaça de morte. O bandido sabia de tudo — pegou até uma das camisas que o garoto dera ao mulato —, sabia onde era a loja de Vera, a fábrica de Alberto — mandou comprar um colchão —, sabia das caminhadas da velha e, ao ser informado da prisão de Miquimba na rodoviária, foi arrancá-lo pessoalmente do carro da polícia. Na ocasião vestia a camisa de Julinho.

— Pô, cara, foi chocante quando dei de cara com Jorge — clamou Miquimba. — Me subiu um sufoco na garganta que eu não consegui falar.

Degrau libertou o irmão e levou-o para um barraco atrás de uma birosca na favela Vila dos Mineiros. Lá, disse-lhe do sequestro da velha. Miquimba narra:

— Aí, malandro, eu endoidei. Me joguei nos pés dele, chorando, pedindo que soltasse a velha, que ela era gente fina, que você era meu irmão, que ele ia me botar numa fria, fiz a maior cena e ele nem piscou, durão. Aí mandou a maior bronca pra cima de mim. Disse que eu tava virando burguês, que não tinha nada a ver com "esses bacanas", que teu velho não gostava de mim e ia acabar me ferrando. Acredita? Até isso ele sabia. Um faxina do teu prédio levou uma grana do negão e bateu pra ele a conversa que ouviu na garagem entre teus velhos falando de mim!

Depois de constranger Miquimba, por ciúme ou precaução, Degrau, ainda no barraco, passou a falar dos seus negócios. Estava numa boa! Três bocas de fumo, grana alta, gente fazendo estica, tinha planos de expandir, entrar no tráfico de armas, mas precisava de alguém para a contabilidade da "firma". Trabalho leve, sem riscos, sem tocar nas drogas, alguém que soubesse ler, escrever, fazer conta com vírgulas e fosse de total e absoluta confiança. Olhou para o mulato e concluiu: "Só por uns tempos".

— Tô fora, Jorge! Essa vida não é a minha! Ele então fez um trato: se eu fosse trabalhar com ele, ele soltava a velha. Ainda tentei levar um lero, mas ele não quis nem saber. Disse de tudo que tinha feito por mim e bateu duro: "Ou pega ou larga!" Fomos até o cativeiro, ele pagou os caseiros, se mandou, e eu abri a porta pra velha. Segui ela pelas vielas até pegar um táxi e liguei pra você do orelhão. Sabe uma coisa que fica martelando minha cuca? Que o Jorge sequestrou sua avó só pra armar esse jogo comigo!

A primeira reação do garoto foi de íntima satisfação ao concluir que sua intuição e sensibilidade não haviam errado quanto ao mulato que, ao contrário, cresceu acima da expectativa ao imolar sua liberdade pela de Lili.

— Não sei o que dizer, cara — gemeu —, não sei mesmo, você...

— Não diga nada, Magrão. Entrei nessa pela velha e por você. Você é irmão de fé. Faço qualquer coisa por você. Mato um, se por preciso.

Julinho, já tomado por uma comoção que lhe varava a medula, sorriu, um sorriso que lhe banhou os olhos. Por um instante pressentiu que a tragédia a rondar o amigo fechava o cerco, com sua inserção nas drogas. Resolveu perscrutar o futuro do mulato:

— Com esse teu trabalho a gente não vai poder mais viajar.

— Qualé, mermão! Vou juntar uma grana legal e daqui pra mais um pouco tô sartando fora!

— Seu irmão não vai deixar você se mandar.

— Cumé que não? A gente fez um trato só por uns tempos. Droga não leva ninguém pra frente. Tô careca de saber! Fugi da escola, mas não sou otário. Nunca vi um cara metido com tráfico que vivesse mais de trinta anos. Quero viver muito, Magrão! A gente vai ver a Ursa Maior. Pode crer!

Julinho fez o sinal de positivo e deu um tapa fraternal no joelho de Miquimba. O mulato olhou o relógio e chiou por ter que cumprir horários, uma novidade na sua vida de guarda-livros. Tinha que voltar para fechar uma contabilidade e ofereceu carona ao garoto. Ao cruzarem pela pracinha, Julinho pediu para dar uma parada e esticou o olhar até o apartamento de Laura.

— Tá tocaiando alguém, Magrão?

O garoto continuou olhando a varanda, como que à espera de que Laura, atraída pelo seu pensamento, aparecesse para lhe jogar um beijo. "É aquela mina que você é gamado nela?" À resposta afirmativa, Miquimba inclinou o corpo no banco do carro e Julinho apontou o apartamento com as samambaias dependuradas.

— Amanhã à noite venho aqui! — disse, de um jeito que parecia decisivo para seu destino.

Julinho vinha, havia dias, numa contagem regressiva que lhe moía os nervos. Enquanto manteve Laura preservada nas suas fantasias, nada o ameaçava, mas a possibilidade real de ter que disputá-la com o baixote de brinco, mais o tipo musculoso citado por Bernardo, mais todos os outros que desconhecia, fazia-o retomar a velha insegurança. Ele não era rápido no gatilho, sabia disso, e no *saloon* em que a festa poderia se transformar corria sério risco de perder a mocinha para algum bandoleiro vivaz. Seria insuportável vê-la com outro.

— Se quiser, vou com você e dou uma prensa em quem se engraçar com ela — Julinho riu. — Tá rindo de quê, mermão? Será que com essa beca não passo por filho de bacana?

— Não é isso, Miquimba. Já lhe disse. No meu mundo as coisas não são resolvidas na porrada!

•

O garoto encontrou o pai no escritório anotando trechos de um livro sobre novas práticas gerenciais. Ele também tinha um trabalho a fazer: o cartão das flores que enviaria a Laura. Antes, porém, para dar passagem à sua criatividade, precisava descongestionar a cabeça e perguntou a Alberto se estava disposto a ouvi-lo, sem destemperos, numa boa.

Sentou-se na cadeira de suas vigílias e reproduziu a versão do mulato sobre o sequestro. O pai interrompeu-o somente para perguntar se havia estado com Miquimba e ouvir: "De onde eu iria tirar essa explicação?" De resto, escutou em silêncio, seja por ter acatado a sugestão do filho, seja porque a história, encaixando-se com precisão, não deixava brechas para apartes intempestivos. Ao final, sem esconder o desconforto, Alberto tornou a perguntar pelo nome do irmão do mulato.

— Jorge Degrau. É atrás dele que a polícia tem que ir — e angustiado: — Você precisa falar com o delegado, pai!

Esse era o problema, que Alberto já antevira ao curso da narrativa. Depois daquela espinafração em que só faltou xingar a mãe do delegado, não teria cara para voltar a ele e admitir que estava certo quanto à inocência de Miquimba. Não ele, Alberto Calmon, que assim tentou tirar o seu da reta.

— Não há necessidade de ir ao delegado, filho. Quando a polícia pegar o Miquimba vai saber a verdade e sairá atrás do verdadeiro culpado.

— Mas, pai, o Miquimba pode ser morto numa perseguição, num confronto...

— Por que ele não vai à polícia e conta tudo?

— Você acha que ele vai entregar o irmão?

— Não vou falar com o delegado, Julinho! Falar o quê? O Miquimba é um fora da lei. Ele não aleijou um pivete na Cinelândia?

— Não foi ele! Foi um cara do bando do irmão!

— O Miquimba nunca faz nada — ironizou o pai. — Não, filho! Não vou falar. Deixa a polícia fazer seu trabalho. Você não acabou de contar que Miquimba está metido com drogas? Como é que vou falar pro delegado NÃO prender um traficante?

Não havia mais o que conversar. O garoto irritou-se vendo o pai se omitindo, se fazendo de desentendido e — pior — desprezando o gesto de Miquimba em favor de Lili. A seu ver, Alberto, em retribuição, deveria, no mínimo, mandar erguer uma estátua do mulato na frente do prédio. O pai, no entanto, voltou sua atenção ao livro e Julinho, que sabia como atingi-lo, antes de deixar o escritório, deu o troco:

— Só mais uma coisa. O Buck foi fuzilado pela quadrilha do Degrau!

Alberto não conseguiu mais se concentrar na leitura.

16

Julinho escolheu uma mimosa cesta de flores-do--campo, subscreveu o envelope e antes de enfiar o cartão deu uma última lida: "Você é a flor que encanta os jardins do meu coração", adaptada do livro de citações da mãe, que o desfecho da noite anterior não lhe favoreceu a criação. Achou a frase piegas, depois bandeirosa, depois exagerada, sua implacável autocrítica afogava-o numa onda de incertezas, mas sem conseguir pensar em nada melhor fechou o envelope — "vai assim mesmo" — e entregou à vendedora, pedindo urgência na entrega.

Deixou o quiosque imaginando o encontro de Laura com as flores. Nas suas fantasias, ela deixava a cama numa camisolinha transparente, o bico túmido dos peitos espetando o tecido e um triângulo isósceles invertido sombreando-lhe a região pubiana. O garoto nunca tinha estado em pelo com uma mulher, mas conhecia todas as curvas do corpo feminino, acostumado a reproduzi-lo de fotos e telas em seus desenhos. Exaltava a sensualidade, acentuando-lhe as formas com grandes aberturas de compasso, como nas mulatas de Di Cavalcanti. Laura então se depara com as flores, lê o cartão, emociona-se, aperta-as ardente contra os seios e desse modo dança pela sala. O garoto estava a mil.

O dia mal começara e ele já queria vê-lo virado noite. Todos os passos que daria nas horas seguintes conduziriam-no à festa de Laura. No colégio, atravessou as aulas desenhando o corpo da menina coberto de flores, mais à frente comprou outra camisa social e pegou um jornal para ver o horóscopo dela: "Vênus no seu signo atrai a simpatia de pessoas do sexo oposto. O dia promete muitas manifestações de carinho, amizade e... amor". Por via das dúvidas leu também o seu: "Marte em seu signo torna-o mais decidido. Continue marcando posição na sua vida amorosa e não se deixe levar por provocações". Em seguida, entrou na loja de Vera atrás de um presente que, apesar de dispensável, segundo a avó, reforçaria sua posição e — o que era melhor — não lhe custaria um centavo.

— Que houve, filho?

— Apenas uma festa de aniversário de uma colega de turma — mentiu.

Vera não precisou olhá-lo duas vezes: mesmo uma mãe ocupada e desatenta percebe um filho fora de giro, fora do seu estado natural. Oferecendo-se para ajudá-lo na escolha do presente, perguntou cuidadosa e insinuante:

— Ela é apenas uma colega de turma?

— O que você quer dizer com "apenas"?

— Precisamos saber o que vamos escolher. Um presente é proporcional à importância que atribuímos à pessoa. Se é só uma colega, dê uma lembrancinha. Se é mais que isso temos que pensar em algo melhor.

— E se for a paixão da minha vida? — disse rindo.

— Você leva a loja inteira pra ela! — respondeu a mãe no mesmo tom.

Julinho se abriu como um leque. Laura lhe saía pelos poros e ele não via mais sentido em escondê-la da mãe que já fizera por onde merecer a revelação. O capítulo final de uma telenovela não manteria Vera tão atenta e emocionada: Julinho enfim rompia a casca, e para lhe falar de amor! Apertou-lhe o rosto entre as mãos e sapecou-lhe um beijo de mãe encantada.

— Que maravilha, filho! Você apaixonado! Que coisa linda! Pensei que os jovens não se apaixonassem mais! Que só ficassem! E ela... corresponde?

— Isso vamos saber hoje à noite, mãe.

•

Àquela mesma hora, Alberto caminhava de um lado para o outro no corredor da Divisão Antissequestro. O delegado Peixoto o convocara para informar sobre o andamento das investigações e ele se impacientava com a longa espera, um chá de cadeira, que interpretava como represália à sua violência verbal no último encontro entre os dois. Enquanto aguardava, Alberto procurava se antecipar às notícias e tremia só de pensar no delegado anunciando: "Miquimba reagiu à voz de prisão e foi morto esta madrugada!". Não tinha o menor apreço pelo mulato, e isto estava claro, mas sabia que junto com ele seria enterrada também sua relação com o filho.

Um policial introduziu-o ao gabinete e Alberto notou que seus insultos aparentemente não haviam deixado marcas no delegado, cortês, educado, talvez um pouco arrogante. Peixoto ofereceu-lhe a cadeira, mais baixa do que a sua, e disse:

— Já sabemos quem foi o autor do sequestro — fez uma pausa. — Jorge Degrau e seu bando.

Menos de doze horas antes Alberto ouvira a mesma afirmação.

— Meu filho ligou para o senhor?

— E por que ligaria?

— Ele me disse isso ontem!

Se Alberto pretendeu insinuar que a DAS chegou aos sequestradores através de alguma ligação de Julinho, o delegado preferiu fingir que não ouviu e relatou a descoberta da polícia. A Delegacia de Entorpecentes prendera uns traficantes no Buraco Quente da Mangueira e entre eles Russo, o tal rapaz branco que na ação do sequestro chamou dona Lili pelo nome. Ele confessou tudo, inclusive a participação de Miquimba.

— E qual foi? — apressou-se em perguntar Alberto.

— Nenhuma! — o delegado sorriu, vencedor. — Mas não falemos sobre isso que o senhor não é policial e eu não entendo nada de fabricar colchões.

A versão da polícia se ajustava em tudo à história de Julinho, mas não incluía as razões da libertação da velha — uma negociação a portas fechadas entre os irmãos — nem o desfecho do sequestro, depois que Degrau abandonou Lili nas mãos de Miquimba. Alberto levantou-se da cadeira e com toda petulância que pôde reunir perguntou:

— Quer que eu conte, delegado?

— Se quiser — Peixoto reagiu com desdém —, mas para nós o importante foi saber dos autores do crime.

Na guerra de vaidades travada pelos dois, Alberto parecia querer ficar com a palavra final e forneceu ao delegado as peças que faltavam para a completa compreensão do quebra-cabeça do sequestro.

— Isso só prova — acrescentou o delegado ao término no relato — quanto o senhor estava enganado quanto ao Miquimba. Ele tem sentimentos.

— Al Capone também tinha, meu caro. Miquimba precisa ser preso. Envolveu-se com tráfico de drogas.

— Drogas é com outra especializada, doutor. Aqui na DAS nossa prioridade é Jorge Degrau. Lidamos com sequestros!

A resposta firme de Peixoto silenciou de vez o empresário que, apesar de insistir na prisão do mulato — havia lá seus motivos —, tinha tanto interesse quanto a DAS na captura de Jorge Degrau, responsável pelas pragas e imprecações lançadas sobre ele e sua família pelo pastor evangélico. A detenção de Degrau não restituiria a vida de Buck, mas demonstraria ao pastor todo o empenho de Alberto para que o assassino não permanecesse impune.

— Posso colaborar para agilizar a prisão dos sequestradores? — perguntou Alberto, persuasivo.

— O que o senhor quer dizer com isso?

— Digamos um estímulo pecuniário a seus homens. Sei que a polícia ganha pouco, trabalha com dificuldades...

Peixoto evidenciou seu nervosismo pondo-se a arrumar as coisas em cima da mesa.

— Não é preciso, doutor. Prender sequestradores é parte de nossas obrigações e nós vamos cumpri-las!

— Sim, mas com um estímulo a mais talvez seus homens sejam mais aplicados — acercou-se do policial e segredou-lhe. — Sabe o que eu queria delegado? Que tão logo esse facínora fosse preso, ele confessasse a morte do meu segurança na fábrica.

— Ele vai confessar. Ele vai confessar tudinho...

— Posso trazer o pai do segurança aqui para presenciar a confissão?

— Nada impede — Peixoto deu de ombros.

— Ótimo! Então quando ele for preso, avise-me, por favor, que virei correndo com uma generosa gratificação para seus destemidos comandados.

— Eu não sei de nada — esquivou-se Peixoto.

— Entenda como um prêmio pela atuação desta valente Divisão no sequestro de mamãe. Certo? — arrematou o empresário, cínico.

•

Julinho calculou sua chegada às 22 horas. Laura anunciou o início da festa para as 21 horas; por ele, estaria lá desde as 8, 7 talvez, mas decidiu-se por aparecer às dez: nem tão cedo que parecesse ansiedade, nem tão tarde que pudesse encontrar a menina nos braços de outro.

Parou na entrada do *playground*, girou a cabeça e sentiu-se na festa errada! Não viu uma cara conhecida, nada pior para um tímido. Os sinais de animação, no entanto, já estavam no ar, os efeitos de luz e a música de discoteca misturando-se a risos e gritinhos esganiçados que a adolescência é inimiga do silêncio. A irmãzinha de Laura atravessou-lhe a frente e Julinho interceptou-a, perguntando por ela:

— Subiu pra mudar de roupa, que o Rob derramou um copo de refrigerante no vestido novo dela.

— Quem é Rob? — a pergunta era inevitável.

A menininha virou o rosto procurando-o e apontou:

— Aquele ali — o baixinho de brinco. — É o namorado dela!

Dessa vez foi a menininha quem entornou um balde de melado na cabeça de Julinho que perguntou sem controle: "Namorado?"

— Ele liga pra ela toda hora. Você não é o neto da cantora que foi sequestrada? Um dia você falou comigo da pracinha.

— É...

— Eu já fui entregar uma carta da Laura no seu prédio.

— Foi...

O garoto conversava com a irmãzinha sem tirar os olhos do baixote que falava alto, ria alto, gesticulava alto, como que a compensar sua pouca altura. Parecia o rei do pedaço, querendo mostrar a todos que, mais do que o dono da festa, era o dono da dona da festa. A menininha escapou-lhe e Julinho voltou a ficar só, imóvel tal uma estátua, experimentando todo o desconforto do mundo. Iria entregar o presente, dar uma desculpa e se mandar, se mandar para sempre, da festa, da pracinha, da vida de Laura. Uma boa alma interrompeu-lhe as drásticas decisões.

— Quanto tempo, Julinho — ele sorriu receptivo. — Sabe desde quando a gente não se vê? Desde aquele show do Oasis.

Flávia não se recordava, mas foi naquele *show* que graças a ela o garoto tomou conhecimento do nome de

Laura, antes apenas a anônima menina da pracinha. Ela o chamou para dançar, desinibida.

— Ainda não falei com a aniversariante — desculpou-se exibindo o presente como prova.

Flávia também estava desacompanhada, havia terminado o namoro com o colega de Julinho e queria papo.

— Foi ao show do Lost & Found? Chocante, cara! — o garoto ouvia com os olhos pregados no elevador. — Eu queria ver o Snack, mas fiquei em recuperação e... tem visto o Marcos?

— Ele senta na minha frente na sala de aula. Olha ela lá! — deixou escapar, como se todos estivessem à espera da aniversariante. — Dá uma licença, Flávia.

Laura saiu do elevador e encaminhou-se para a patota onde Rob pontificava. Julinho partiu do outro lado, mas, atrapalhado por alguns dançarinos na pista, chegou à menina no momento em que ela parou diante do baixote. Antes que Rob pudesse dizer qualquer coisa, Laura percebeu o garoto e virou-se para ele com sincera alegria.

— Julinho! Que bom você ter vindo!

O garoto entregou-lhe o presente, a menina abriu-o na frente da patota — um estojo de couro italiano contendo uma agenda e um diário — e exclamou, exibindo-o ao baixote: "Não é lindo?" Em seguida perguntou:

— Vocês já se conhecem?

Julinho e o baixote apertaram-se as mãos sem nenhum entusiasmo. Rob revelava-se incomodado com o excesso de atenção que Laura dedicava ao garoto. Julinho, por sua vez, tinha um punhado de boas razões para não ir com a cara do outro. A mãe de Laura levou-a pelo braço e os dois ficaram frente a frente sem nada a declarar. A turma de Rob envolveu Julinho e o baixote sentiu-se seguro para dar uma decisão no garoto.

— Não sei quem você é, nem quero saber. Mas Laura é minha garota. Fique longe dela!

O garoto embranqueceu, sem ação, sem palavras, e o baixote deu-lhe as costas, afastando-se com os ombros erguidos, pose de lutador de *ultimate fighting*. Saiu com sua turma para tomar umas e outras no bar da pracinha, que no aniversário não estavam servindo bebida alcoólica.

A festa esquentara, uma ferveção na pista e o garoto perdido no meio da zoeira voltou à companhia de Flávia aceitando o convite à dança. Recordou seu horóscopo e decidiu não ceder às ameaças. Permaneceria na festa e continuaria olhando para Laura que emitira claros sinais de não estar namorando o baixote. Dançando, valia-se de sua elevada estatura para rodar o pescoço, como um periscópio, acompanhando os movimentos apressados da menina, cumprimentando um e outro e orientando os garçons com a desenvoltura de uma mulher feita. Julinho olhava com desabusada insistência para as pernas roliças de Laura que, equilibradas sobre saltos altos, ganhava uma sensualidade que ele desconhecia. Apesar do vai e vem incessante da menina, que ele seguia girando o corpo na pista, em algumas ocasiões os olhares dos dois se cruzaram entre as luzes.

Quando o baixote retornou à festa, ruidoso e embriagado, Julinho dançava com Laura e ele considerou aquilo uma afronta. Na verdade, foi Laura quem puxou o garoto para a pista depois de lhe perguntar se não gostaria de ser apresentado a outras meninas.

— Tem outras meninas na festa? Só vejo você! — brincou num arroubo de coragem.

— Adorei suas flores.

— E o cartão?

— Você é um pouco exagerado! — disse faceira.

Os dois trocaram sorrisos e prosseguiram dançando em silêncio, uma dança e um silêncio partilhados, a revelar em ambos um instante de imenso prazer. Julinho percebeu o baixote olhando-os com uma cara de buldogue e comentou, ardiloso, com Laura:

— Seu namorado está enciumado. Vamos parar?

— Namorado? Quem? — o garoto apontou discreto. — Já não te falei que Rob é apenas um amigo?

A conversa poderia ter se encerrado aí, caso Julinho não estivesse com o baixote atravessado na garganta. Fez um veneno — "ele te considera propriedade dele" — e soltou a língua relatando a cena do desacato. Laura ficou uma arara.

— Ele disse isso? Ele tá maluco! — e ameaçou partir. — Vou falar com ele AGORA!

O garoto a conteve pela cintura:

— Peraí, Laura! Não esquenta! Ele está de porre, vai querer discutir. Deixa pra lá...

Laura deixou, mas nem por isso ficou com Julinho. Novamente solicitada afastou-se avisando ao garoto para não sumir "que a gente não acabou de dançar".

Julinho tinha a alma lavada e de ânimo recuperado acompanhou, com um sorriso moleque, o baixote andando atrás de Laura pelo salão, gesticulando, tentando dizer algo, até que a menina deu uma parada brusca e de dedo em riste passou-lhe o que a distância parecia ser uma completa espinafração: no minuto seguinte Rob desapareceu da festa.

Apagaram-se as luzes, a música cessou e com a chegada triunfal do bolo começou a tradicional cantoria do "Parabéns pra você". Laura ouviu com elegância, o que é raro na idade, soprou as velinhas, entregou as primeiras fatias do bolo à mãe e à irmã e passou a espátula ao garçom para atender às solicitações de fotografias. Julinho comia um pedaço de bolo com os olhos na menina quando dois rapazes da turma do baixote encostaram:

— O Rob quer falar com você lá no bar.

— Precisa ser agora? — indagou o menino de boca cheia.

— Ele não gosta de esperar.

— Não tenho nada pra conversar com ele, cara.

— Você é quem sabe — e se retiraram.

O baixote não reapareceu na festa. Laura aproveitou uma folga e escapou para perto de Julinho, tentou lhe falar do comercial que fez para a televisão; ele tentou lhe contar de Bernardo, mas, como previra a velha Lili, não conseguiam dar sequência a um único pensamento. As pessoas começavam a rodear a menina para as despedidas e Julinho sacou que era hora também de cair fora: "Se melhorar, pode estragar", pensou. Antes de descer ainda dirigiu um último galanteio à menina:

— Você aniversariou e eu é que fiquei com o maior presente!

— Presente? Qual?

— Você! Nossos momentos juntos foram um presente dos céus!

E desapareceu escada abaixo convencido de que poderia anunciar à mãe, à avó, ao mundo: "Ela corresponde ao meu amor!" Parou na pracinha, olhou na direção do prédio e percebeu-o de um jeito diferente, uma fortaleza capitulada. Ao botar o pé sobre o banco para amarrar o cadarço do sapato notou algumas pernas chegando à sua volta. Nem teve tempo de levantar o olhar: o baixote deu-lhe uma rasteira na perna de apoio e o mundo virou de cabeça para baixo. Seguiu-se um chute na cara e uma sucessão de murros que o garoto procurava evitar se debatendo no chão. Algumas luzes se acenderam nos apartamentos, algumas pessoas apareceram nas janelas, atraídas pelo barulho, e Laura e o DJ e os garçons e os derradeiros convidados testemunharam o inesperado: um mulato alto e dois negros fortes saíram da escuridão e partiram para cima do baixote e sua turma.

No meio da pancadaria um dos negros deu um tiro para o alto enquanto o outro desceu um porrete na cabeça de Rob, que desmaiou ensanguentado. O mulato ajudou Julinho a se pôr de pé, apoiou-o no seu ombro e o grupo se afastou entre os gritos de pânico e socorro que partiam da vizinhança.

— Legal que as coisas no seu mundo se resolvem civilizadamente, Magrão!

Julinho nem ouviu, arrastando-se ferido e atordoado, sustentado por Miquimba e um negão. Na sacada do *playground*, Laura exibia uma expressão de puro horror.

17

Julinho passou o domingo de molho, reconfortado pelas lembranças de Laura. Na avaliação de sua conduta na festa — e somente na festa —, atribuiu-se nota máxima, impecável diante da menina, dizendo as coisas certas nos momentos certos, sem tremer, como um velho sedutor. A sensação de conquista arejava-lhe o espírito.

O corpo, sentia-o moído, como se abalroado por uma jamanta, mas não podia se queixar da sorte que os ossos permaneciam todos no lugar: levado pelo pai a uma clínica, as radiografias não acusaram fraturas nas costelas que lhe doíam ao respirar.

O garoto foi lacônico no relato das bordoadas, informando a Alberto apenas que se envolvera numa briga de rua. O pai aumentou as suspeitas de que as aulas de jiu-jítsu não apresentavam resultados práticos, mesmo assim experimentou uma ponta de satisfação ao entender que seu doce e meigo filho resolvera reagir às ameaças do mundo, sejam lá quais tenham sido. Quanto a Vera, foi uma sorte não ter visto Julinho entrar em casa naquele estado lastimável ou estremeceria o prédio com suas explosões melodramáticas. A ela, o filho preferiu contar de seu sucesso com Laura.

— A briga foi consequência, mãe. Ciumeira de ex-namorado.

A menina consumiu o domingo com as colegas de colégio em um sítio do Estado do Rio, alugado para as confraternizações de formatura e na segunda-feira, contrariando o combinado, não atendeu os telefonemas de Julinho. A irmãzinha dizia que ela não estava ou a secretária eletrônica bloqueava-lhe a passagem. No final do dia, sem retorno, o garoto já não se mostrava tão seguro de sua conquista e desconfiou que todos os pontos acumulados na festa ele os perdera em poucos minutos na pracinha.

Julinho não forçou a barra. Entendeu o silêncio de Laura como um sinal de protesto pelo acontecido e deixou o tempo correr para baixar a poeira, na certeza de que em algum momento ela iria procurá-lo para ouvir explicações. Não passava pela sua cabeça que, após uma noite mágica, em que os dois se curtiram tanto, Laura fosse sumir do mapa sem lhe dar o direito de defesa, a ele, a grande vítima do lamentável episódio.

A decisão de Julinho contou com o endosso da avó e ele aproveitou os dias de isolamento e convalescença para enfiar a cara na matemática. Uma tarde, alguns dias depois, voltando da aula particular, encontrou na portaria um envelope rosa preenchido com a caligrafia de Laura. O garoto subiu cheirando a carta, regozijou-se pela determinação de se manter a distância e refugiado na quietude do quarto abriu o envelope: a menina escrevera para se despedir, dia seguinte viajaria a Nova York, e aproveitava o ensejo para manifestar sua decepção pela conduta arruaceira de Julinho, "não esperava isso de você; você e seus amigos marginais quase mataram o Rob, que levou dezesseis pontos na cabeça".

A alegre expectativa inicial transformou-se na fúria de um mar revolto. Fora de si, Julinho vestiu de volta a camiseta, disparou porta afora e só foi parar com o dedo na campainha do apartamento da menina. Seria capaz de invadir a sala e estrangulá-la na frente da mãe, mas informado pela faxineira de que não havia ninguém em casa desceu e instalou-se no sofá da portaria disposto a aguardá-la pelo resto dos tempos.

A longa espera serviu para restabelecer-lhe os controles e quando Laura surgiu apressada, tirando uma reta até o elevador, a voz do garoto ressoou da penumbra.

— Podemos conversar?

Apanhada de surpresa, a menina reagiu esquiva:

— Estou atrasada. Só vim pagar a faxineira: marquei com mamãe na cidade para comprar uns dólares.

O garoto avançou e interpôs-se entre a menina e a porta do elevador como a anunciar que para subir ela teria que passar por cima do seu cadáver. Os dois se olharam por alguns segundos e Laura, assustada com a disposição de Julinho, propôs a conversa na pracinha.

Nem chegaram a se sentar no banco e o garoto retomando a tensão abriu o verbo, as palavras prontas saltando na frente do pensamento.

— Eu é que estou decepcionado com você! Eu! Você foi da maior leviandade dizendo aquelas coisas. Sabe o que é ser leviana? É julgar sem refletir. Você viu tudo, desde o começo, viu? Responde! Viu?

— Não. Quando cheguei na sacada...

O garoto atropelou-a feito um trator.

— Então você não tinha o direito de me chamar de arruaceiro. Você não podia...

— O Rob disse...

— Não interessa o que o Rob disse! O que ele disse eu sei! Que comecei tudo. Claro! Estava irado, morto de ciúmes, bêbado feito um gambá. Ele me ameaçou na festa e eu lhe contei. Quando desci e parei no banco ele já foi me agredindo, por trás. Nem deu chance de me defender. Quando caí, eles me chutaram, chutaram pra valer. Tá vendo aqui na minha cara? Tá vendo? — Julinho aproximou o rosto ainda inchado e ferido de Laura e suspendeu a camiseta exibindo o corpo marcado. — Olha aqui! Aqui! Aqui! Foram os seus amiguinhos!

A voz do garoto chicoteava o ar e Laura engolia em seco admitindo que se deixara levar por juízos precipitados.

— Quem eram aqueles rapazes escuros que apareceram de repente?

— Um deles é meu amigo, meu irmão, e se ele não tivesse me socorrido a essa hora você estaria na minha missa de sétimo dia! Aquele teu ex-namorado é um covarde, cafajeste. Bem feito que tenha levado dezesseis pontos. Devia ter levado vinte! — fez uma pausa e mostrou as mãos. — Olha como estou tremendo!

O garoto era outra pessoa, um Julinho desconhecido que nunca se manifestara antes, arrancado de dentro de seu tímido recato pela paixão, pela indignação, por um punhado de sentimentos indefinidos, mas acima de tudo pela injusta acusação. Laura tinha uma expressão de embaraço e cuidava de ordenar o pensamento necessitada de se explicar.

— Me perdoe, Julinho. É que fiquei muito chocada quando desci e vi a cabeça de Rob boiando numa poça de sangue. Fui levá-lo ao pronto-socorro e... aquela confusão acabou com a minha festa. Estava tudo tão legal, eu me empenhei tanto para que as coisas dessem certo. A festa tinha muitos significados pra mim e não podia terminar daquele jeito. Aquilo me deixou revoltada.

Julinho amansou, sem perder a firmeza:

— Saquei sua chateação, Laura. Tanto que fiquei na minha, esperando você ligar para lhe dizer que não tive culpa. Mas, pensando bem, acho que tive culpa, sim! Se não tivesse muito a fim de você teria me mandado da festa e evitaria tudo aquilo. Por sua causa acabei ficando. Desculpa, Laura, a culpa foi minha! Culpa de gostar de você. Não devia te querer tanto!

A menina levou um choque com aquela declaração improvável e inesperada. Sorriu, ficou séria, voltou a sorrir, o embaraço permanecia, apenas mudara de lugar. Julinho pegou na mão dela perguntando quando voltaria de Nova York.

— Não sei. Vou fazer um curso de atriz e modelo que papai está vendo pra mim. A agência adorou meu trabalho, quer que eu faça outro comercial e estou na maior animação.

— Não demora e você vai ser capa de revista — brincou ele.

— Devo estar de volta no reinício das aulas.

— Posso lhe escrever?

— Vou adorar.

— Você me responde?

Laura botou o pé no freio, retirando a mão sob a do garoto.

— Eu... bem, não sei se vou ter tempo, Julinho. O curso parece que é puxado, o dia inteiro, e eu quero me entregar a ele de corpo e alma — baixou os olhos. — Não quero me envolver com ninguém agora. Acho você um cara muito legal. Passei a admirá-lo mais depois dessa nossa conversa, mas... vou viajar amanhã. Não sei, você aqui, vamos ficar muito tempo separados... Vamos esperar minha volta!

— Mas vai demorar um século, Laura!

— Não exagera! É um tempo que será bom pra nós, pra gente saber — levantou-se —, se no meu regresso você ainda estiver a fim e eu também, a gente vai se encontrar novamente nesse banco.

Deu um beijinho apressado no garoto, correu para o prédio, subiu as escadas e nem se virou para um último aceno.

•

A vida de Julinho voltou aos trilhos e ele deixou-se levar esmorecido, sem qualquer esforço para desviá-la do previsível. Prosseguiu nos estudos de matemática que a data da prova se aproximava; suspendeu as aulas de jiu-jítsu — "graças a Deus!" — até o corpo se recuperar para novas quedas, e retomou o curso de desenho, interrompido desde que o tombo na pracinha prejudicou-lhe os movimentos da mão esquerda. Julinho era canhoto, o que talvez explicasse suas atitudes pouco convencionais. A mão esquerda, por toda história da civilização, sempre esteve associada a conceitos negativos. Em latim esquerda é *sinister* (*mau, sinistro*); em francês é *gauche* (*canhestro, desastrado*); em inglês é *left*, derivado de *lyft*, que significa fraco, inútil. A própria palavra "canhoto" é sinônimo de capeta.

Em casa não passava um dia sem o garoto retocar o desenho do rosto de Laura — sem um olho — refazendo um traço, alterando o contorno, recompondo o sombreado. Tinha-o permanentemente sobre sua mesa à espera de terminá-lo na volta do "modelo". Se é que a menina ainda se lembraria dele ao regressar. Se é que iria regressar! Depois de ter se amaldiçoado pela demora em revelar seu amor, o garoto deixou-se abater pela convicção de que ela não iria alimentá-lo nas lembranças. Laura só tinha cabeça para seu curso, sua carreira, seus projetos e sozinha numa cidade estranha seria presa fácil para qualquer galanteador barato. Talvez nem voltasse mais! Talvez fizesse sucesso na publicidade americana e se fixasse em Nova York e se casasse com um magnata das comunicações e tivesse muitos filhos e fosse feliz para sempre. Julinho quase podia ver a foto da família lhe chegando às mãos pelo correio: ela sorridente com a filha menor no colo e o marido com as orelhas do Mickey fazendo gracinhas. Sua imaginação galopava à rédea solta e somente foi contida no teatro de Los Angeles, onde Laura recebia o Oscar de melhor atriz coadjuvante.

Julinho passou raspando na prova de matemática e aproveitou para negociar com os pais sua aprovação, trocando-a pela viagem ao encontro de Bernardo no México. O garoto chegara enfim à antessala do vestibular e no próximo ano precisaria remanejar seus horários para fazer caber o cursinho na sua apertada rotina. Mais do que selecionar as atividades que descartaria — jiu-jítsu entre elas — preocupava-lhe a escolha da carreira.

Seus pais sonhavam em tê-lo na universidade, pendurar seu diploma na parede, enviá-lo para um doutorado no exterior, mas Julinho não conseguia enxergar nada à sua frente que lhe provocasse um espasmo de entusiasmo. Medicina? "Não posso ver sangue!" Engenharia? "Não sei fazer contas e cálculos!" Odontologia? "Não suporto o sofrimento alheio!" Administração? "Não consigo administrar minha própria vida!" Economia? "Os economistas resumem o mundo a taxas e percentuais!" Direito? "Sempre soube que advogado é uma consciência a se alugar!" O garoto achava um absurdo ter que fazer uma opção para o resto dos seus dias antes dos vinte anos. Resolveu deixar para decidir quando a escolha se apresentasse improrrogável. Desconhecia que Alberto já havia traçado seus planos.

— Ano que vem, Julinho, você vai trabalhar na fábrica!

A proposta bateu no garoto como se o pai tivesse dito: "Ano que vem você vai para um campo de trabalhos forçados!" Vera também não gostou de ouvir, que ela não fora previamente consultada sobre os destinos do filho. Alberto percebeu o impacto e tratou de tranquilizá-los:

— Um estágio apenas, Julinho. Para você conhecer os departamentos, tomar contato com os funcionários, desvendar os mistérios da produção — o empresário estava feliz. — Um estágio remunerado! Que acha?

Alberto não guardava nenhuma dúvida de que sua sugestão receberia os mesmos aplausos que Lili no Municipal. Sua pergunta porém — que acha? — ficou sem resposta. No lugar dela veio uma contestação de Vera.

— Alberto! Ano que vem Julinho não terá tempo para estágios. Vai estudar o dia inteiro!

Alberto imaginou que não havia sido claro o bastante e sem perder o bom humor detalhou a proposta:

— É um estágio informal, Vera. Sem horário fixo. Ele irá quando puder. Afinal é o filho do dono — sorriu poderoso. — Ele precisa tomar gosto pelo negócio. Algum dia aquilo tudo será dele. Julinho até hoje só esteve três vezes na fábrica!

— Duas! — corrigiu o filho saindo do silêncio.

— Não vai dar, Alberto! — insistiu a mãe.

— Como não, Vera? — Alberto ameaçava deixar o bom humor de lado. — Existem milhares de garotos que trabalham e estudam o dia inteiro! Por que Julinho será diferente? Ele pode ir ao colégio pela manhã, ao cursinho à noite e passar umas duas horas à tarde na fábrica. Não vai tirar pedaço!

— E a que horas ele vai estudar, fazer os deveres de casa? — o instinto de proteção falava mais alto.

— Vera! Deixa de tratar o menino como se fosse um bebê! — não mais havia vestígios de alegria no rosto de Alberto. — Julinho já é um homem. Tem que dar duro! Eu comecei a trabalhar com 15 anos! Só se vence na vida com esforço!

— Ainda tem o inglês, o desenho, o jiu-jítsu... — Vera não cedia.

— O jiu-jítsu ele pode parar, que pelo visto é dinheiro jogado fora. O desenho também. Nunca entendi pra que essas aulas de desenho!

— Julinho gosta de desenhar, Alberto, você sabe disso — encheu a boca. — E desenha muito bem!

— Então não precisa de aula! Desenho é como pintura. A pessoa sabe ou não sabe! Vocês acham que Leonardo da Vinci teve aula de pintura?

— É para aperfeiçoar a técnica, pai.

— E pra que você quer aperfeiçoar a TÉCNICA? — reagiu Alberto, debochado.

— Para melhorar a qualidade do meu desenho.

— Com isso você quer me dizer que pretende ser desenhista? — O pai teve um de seus acessos. — Julinho, deixa de ser poeta! Bota essa cabeça no lugar! Tem uma fábrica de 12 mil metros quadrados esperando por você, e você diz que quer ser desenhista? De-se-nhis-ta? Não! Eu me recuso a acreditar!

— Alberto! Deixa o menino! Você não pode querer que ele seja o que você quer que ele seja!

— Vera! Você acha que um menino dessa idade pode saber o que quer? — respondeu Alberto em contradição com o que dissera havia pouco ("Julinho já é um homem"). — Só estou querendo ajudá-lo, orientá-lo, é pra isso que servem os pais!

— A escolha é dele, Alberto! — sentenciou Vera, definitiva.

— Ah, é? Então ele que pague a viagem ao México com seus desenhos!

E arrancou furibundo na direção do escritório para atender o telefone, deixando a mulher e Julinho sentados, sem ação. Refeita do bate-boca, Vera buscou uma confirmação pessoal com o filho e perguntou baixinho:

— Você quer mesmo ser desenhista?

— No momento a única coisa que sei é que não quero fabricar colchões, mãe.

•

Jorge Degrau foi morto pela polícia numa troca de tiros na favela do Rato Molhado. A notícia, que o delegado Peixoto transmitia em primeira mão, deixou Alberto ainda mais possesso. Ele queria o bandido vivo! Queria ouvi-lo confessar ao pastor que matara seu filho! Talvez o pregador nem estivesse mais preocupado com a prisão do assassino, mas para Alberto era uma questão de honra provar a ele que aquele crime não ficaria impune "pelos tempos afora". Desde o encontro no cemitério vivia perseguido pela ideia fixa de que o pastor o amaldiçoara e nem ele nem seus familiares reencontrariam a paz enquanto não alcançasse a remissão do seu pecado. E agora? E agora? Berrava dramático ao telefone.

Pegou o carro e foi atrás do pastor para levá-lo ao Instituto Médico Legal. O delegado Peixoto prometeu exibir o corpo do criminoso, perfurado de balas, com a mesma pompa que os bolivianos mostraram o cadáver de Che Guevara para o mundo. E mais: trataria de confirmar oficialmente Degrau como autor da morte de Buck.

O motorista deu várias voltas pelo centro de Berford Roxo até parar na 54ª DP onde o delegado, velho conhecido do empresário, indicou o local da igreja. O pastor, porém, recusou o convite: preferia pregar entre seus fiéis vivos a olhar um infiel morto. Alberto, nervoso com a recusa, perguntou:

— Mas o senhor acredita no que estou dizendo, não?

— Sim, filho. Não sou como o discípulo Tomé que não acreditou na ressurreição. Jesus disse: "Bem-aventurados os que não viram e creram".

Alberto relaxou, as palavras do pastor demonstravam um espírito de conciliação bem diferente das bolas de fogo que cuspiu no cemitério da Solidão.

— Deus vingou a morte de seu filho! — bradou o empresário.

O pastor observava-o de cima, um negro altíssimo, perfil e modos de um rei zulu, enfiado dentro de um surrado terno azul-marinho, uma bíblia nas mãos e um olhar insondável por trás dos óculos empoeirados.

— Tudo o que vós quereis que os homens vos façam, fazei-o também vós, porque esta é a lei e os profetas — e baixou a voz, como que falando para si mesmo —, Mateus, capítulo sete, versículo doze.

Sem compreender o significado da frase do apóstolo Mateus naquele contexto, Alberto achou melhor não fazer perguntas: abriu um sorriso infantil e manteve-se submisso — raro em sua pessoa — diante do cura de almas.

— Espero que o senhor não me queira mal — acrescentou.

— O Senhor disse: "Meu mandamento é este: amai uns aos outros, assim como eu vos amei". João, quinze, doze.

Era tudo que o empresário precisava ouvir para se lançar num abraço ao pastor. Os dois se apertaram comovidos pelas lembranças de Buck, Alberto pediu perdão e, para mostrar que não era um herege afastado de Deus, lembrou o perdão de Jesus a Pedro que o negara três vezes.

— Eu te perdoo — declarou o pregador, solene —, porque o Senhor disse: "Se perdoardes aos homens suas ofensas, também vosso pai celestial perdoará a vós".

Alberto não podia querer mais: observou o próprio corpo e estremeceu ao sentir as pragas do inferno deixando sua alma. Aninhou as mãos do pastor entre as suas e em seguida, como sinal de gratidão, preencheu um cheque, modesta colaboração para as reformas do templo. Ao entrar no carro, ainda ouviu:

— "Quando tu deres esmola, que tua mão esquerda não saiba o que fez tua mão direita." Mateus, seis, três.

A caminho, pensou nas palavras do apóstolo. Realmente, Mateus lhe parecia indecifrável.

•

Julinho sentiu a dor de Miquimba, que tinha o irmão na conta de um pequeno pai e um grande herói. Ao mesmo tempo, acenou-lhe a esperança de que, morto Degrau, o bando se desfaria e o mulato poderia retornar à sua vida sem limites. O garoto torcia para isso, sem se aperceber da cruel ironia embutida na sua torcida para que Miquimba reassumisse seu posto de menino de rua. Dos males o menor, abandonado.

O garoto aguardou ansioso pelo reencontro com um Miquimba sem drogas nem charutos. Nesse ínterim, o pai voltou atrás e lhe ofereceu a passagem sem sermões nem cobranças, influenciado pelo comportamento abnegado e pelas citações bíblicas do pastor. Julinho refez os planos e antecipou a viagem depois de ouvir da avó uma sugestão de tirar o sono. Ligou de madrugada para o amigo no México.

— Bê! Estou me mandando depois de amanhã!

— *Muy bien, muchacho*! Pode vir que seu quarto está pronto, com um bloco de desenho sobre a mesa. Quando você chegar, combinamos a viagem para a Califórnia.

— Tenho uma proposta a fazer.

— *Habla*!

— Podemos trocar a Califórnia por Nova York?

•

Julinho parou à entrada do salão principal do velho planetário da Gávea e esperou a vista acostumar, para enxergar no escuro o contorno de um crânio na única poltrona ocupada da plateia. O mulato observava os movimentos da abóbada celeste projetada no teto com o rosto para cima, a nuca apoiada no espaldar. Julinho sentou-se ao seu lado e perguntou com a mesma inflexão da mãe:

— Que houve, cara?

O garoto estava assustado, desde o telefonema farejara que aquele encontro tinha algo de especial. Miquimba marcara o local, dia e hora com a voz tensa e contida de quem transmite um segredo de Estado e ainda lhe pediu que fosse sozinho, como se Julinho andasse de corriola. O mulato ajeitou-se no assento, olhou para os lados certificando-se de que estavam a sós e murmurou:

— Seu pai...

— Meu pai? Que que tem o coroa?

— Está marcado pelo bando do Jorge. Os rapazes souberam que teu velho ofereceu uma grana à polícia para apagar meu irmão.

Julinho gelou:

— Não acredito! Como você soube?

— Alguém na polícia ficou na bronca com teu velho que não deu a grana e abriu o bico. Vieram me contar e eu tinha que bater pra você.

— Não acredito mesmo!

— Mas fica na tua que, se souberem que te contei, eu é que vou virar presunto.

— Você acredita?

— Se acreditasse, Magrão, já teria apagado teu velho. Com todo respeito.

O garoto imaginou Alberto duro dentro de um caixão, uma imagem inédita e desconhecida. Até aquele momento julgava o pai imortal.

— Que que a gente faz, cara? Contrata uns seguranças?

Miquimba rechaçou a ideia: segurança pouca é bobagem. O mundo coleciona histórias de atentados perpetrados contra figurões protegidos por batalhões de seguranças. Sugeriu a Julinho que tirasse o pai da cidade.

— Diz a ele para se mandar por uns tempos. Quando a barra estiver limpa eu aviso.

— Vou viajar amanhã, cara.

— Demora?

— Uns quinze dias talvez. Vou ver Laura em Nova York.

O mulato distendeu um sorriso e deu-lhe um tapa na perna.

— Aí, Magrão! Tá gamado mesmo! Vai até os *States* atrás da mina. Já comeu?

O garoto reagiu sem graça. Não se acostumava com as invasivas diretas do mulato. Ele jamais comeria Laura; poderia trepar, transar com ela, fazer amor, mas comer era algo que lhe soava reles demais para uma celebração. O mulato insistiu que queria saber de tudo no regresso de Julinho.

— Tô acompanhando essa novela desde o início,

malandro. Já fiz até uma participação especial e não vou perder esse capítulo.

— Pode deixar, cara. Você vai ser o primeiro a saber.

Miquimba avaliou pensativo que quinze dias seriam suficientes para ele ajeitar as coisas.

— É um tempo legal para convencer a rapaziada que teu velho não teve nada a ver — e acrescentou enigmático —, mas se eles fizerem jogo duro...

— O que você vai fazer? — apressou-se em perguntar o garoto.

— Aí a gente tem que ver. Entregar à polícia, talvez...

— Mas... você não se afastou do bando?

— Pois é, Magrão — o mulato experimentou um desconforto —, eu tava pra dar o pinote. Só que a morte do Jorge mudou tudo. O pessoal me botou no lugar do meu irmão!

Julinho desceu na poltrona. O tiro saíra pela culatra. Suas expectativas de ver Miquimba de volta às ruas não se cumpriram, e pior: tornaram-se mais longínquas com ele promovido a gerente do tráfico. Reagiu com revolta:

— Cara, você tem que sair dessa!

— Vamos ver, Magrão. Agora não dá. Não dá mesmo. Mas pode ser que daqui a quinze dias eu tenha uma boa notícia. Aí mermão, nós vamos poder curtir a viagem pra Campos.

O mulato orientou o garoto para, "na volta dos *States*", procurá-lo no morro da Mineira e acrescentou com os olhos cintilando, "na casa da velha". Reconciliara-se com a mãe, depois que o pilantra do padrasto bateu as botas — "nem sei se foi Jorge quem queimou ele" — e aposentou-a das faxinas na casa dos bacanas, que ele ganhava o bastante para o sustento do barraco.

— Vai pela rua do Chichorro e na segunda viela à direita você entra — prosseguiu: — Tem uma birosca na esquina. Pergunta pela casa de dona Dalva que todo mundo conhece.

O garoto anotou, utilizando-se da chama do isqueiro de Miquimba que disse a ele para se mandar e bater pro velho que "a vida dele tá a perigo". Julinho obedeceu:

— Você não vai?

— Vou ficar. Quero dar mais uma sacada na Ursa Maior — apontou o teto. — Vai fundo, Magrão, e manda ver lá com a mina. Na volta a gente se fala!

— A gente se fala — repetiu Julinho.

18

Alberto não era homem de correr da raia e sua primeira reação foi resistir, avisar a polícia, contratar seguranças, armar-se até os dentes e se entrincheirar em casa para enfrentar a situação. Vera, aflitíssima, interrompeu-o, no seu tom habitual:

— Ficou louco? Parece que você não entendeu — e falou pausado: — Os traficantes querem matá-lo!

— Não ofereci dinheiro à polícia para liquidar ninguém — justificou-se. — Eu queria o bandido vivo.

— Então diz isso para os capangas dele! — voltou ela, sarcástica.

Não cabia na cabeça de Alberto que estando ele do lado da Lei e da Ordem tivesse que fugir e se esconder como um condenado.

— Não fiz nada de errado! — gritou, nervoso.

— Você não quer deixar para pensar nisso lá no sítio da minha prima? Faz o que o Miquimba sugeriu, Alberto! Pelo amor de Deus!

— Aproveita e pensa também nessa atitude de Miquimba, pai — interferiu Julinho, cortante.

— Temos que ir, Alberto! Não estou preparada para ficar viúva!

O empresário não ouviu a frase da mulher. Sua cabeça ainda girava sob o impacto do comentário do filho, sinuoso como sempre, mas que ele entendeu muito bem: a atitude do mulato estava lhe salvando a pele! O moleque safado a quem perseguiu impiedoso expunha-se a riscos para evitar sua morte, depois de libertar sua mãe. É claro que fizera tudo isso por amizade a Julinho que, no pensar de Alberto, o mulato deveria odiá-lo do fundo do coração, mesmo assim não haveria no mundo gratidão capaz de pagar o preço do seu gesto. Recordou a cena na delegacia quando quis esganar Miquimba e, num estalo, seus sentimentos mudaram de mão e viu-se coberto de vergonha. Lamentou não ter em casa uma Bíblia para enunciar a todo volume um versículo que tratasse de arrependimento.

Alberto tapou o rosto com as mãos e, atravessando uma fase mística, não pôde deixar de associar o aviso do mulato ao perdão do pastor. Admitiu sinceramente que, caso não tivesse ele se livrado a tempo das pragas e imprecações, o recado de Miquimba iria encontrá-lo ardendo no fogo do inferno. Em respeito ao sinal dos céus, concordou, enfim, que precisava de um descanso.

— Vai ser ótimo ficar duas semanas no campo, só pescando, comendo e dormindo.

Vera empalmou o rosto do marido, dando-lhe um beijo de agradecimento, e Julinho estendeu-lhe o braço, cumprimentando-o por tomar, afinal, a sábia decisão de salvar a própria vida. No encontro das mãos, Alberto sentiu um aperto adulto, Julinho crescera, seu filho não era mais criança, uma percepção que o apanhou de surpresa — como se o garoto tivesse crescido de um dia para o outro — desde que ele, chegando em casa, vindo do planetário, reuniu os pais e disse-lhes o que fazer, como se fosse o chefe da família. Encarou Julinho de frente e comprimiu-lhe os braços, emocionado, uma emoção em que juntava sua afeição — quase nunca explícita — à admiração pelo desassombro com que o filho sempre se pôs ao lado de Miquimba.

•

O dia seguinte encolheu com a deliberação de viajarem todos à tarde, inclusive Maria, animada com as férias inesperadas. Vera e Alberto fechariam a casa, deixariam Julinho no aeroporto e seguiriam para o sítio em Paraty. Espremidos no horário da manhã, os três apertaram o ritmo para ultimar as providências.

Julinho antecipou a aula de desenho, comunicou ao professor que estaria fora por duas semanas e avisou que no próximo ano estava pensando em fazer a Escola Nacional de Belas-Artes. Alberto realizou uma rápida reunião de diretoria, orientou a secretária sobre seus pagamentos pessoais e, cercado por três seguranças da fábrica, foi atrás de um molinete novo. Vera passou o comando da loja para a gerente — que já o tinha de fato — e saiu à procura de um maiô adequado para banho de cachoeira, que ela ainda se lembrava do dia em que o choque das águas deixou-a com a calcinha do biquíni nos joelhos. Apenas Maria mantinha sua cadência normal preparando o almoço.

O garoto beliscou a comida excitado com a viagem, sua primeira viagem internacional, considerando que na excursão à Disney só ouviu e falou português. A mala aberta sobre a cama, Julinho fitava-a sem saber por onde começar. Se existem coisas que somente a idade ensina, uma delas é a arte de arrumar malas. Resolveu iniciar pelo material de desenho, incluindo o rosto de Laura inacabado. Em seguida, foi retirando as roupas do armário, e quando Maria apareceu para ajudá-lo a dobrar as camisas, pensou que o garoto estivesse de mudança.

— Lembre-se de que é inverno no hemisfério norte, filho — alertou o pai do seu quarto.

— Leva agasalho que faz muito frio em Nova York — emendou a mãe.

— Cuidado que a altitude da Cidade do México provoca tonteiras!

— Não se esqueça de levar o endereço e o telefone do sítio!

— Guarde uns reais para pagar o táxi na volta!

— Não se esqueça de preencher a etiqueta da mala com seu nome!

— Não se esqueça de ligar pra se despedir de sua avó!

Isso Julinho não esqueceria jamais! Podia não se lembrar do passaporte, mas falar com a avó era parte do seu ritual sagrado, muito mais porque decolando na direção de Laura queria ouvir-lhe as derradeiras palavras.

— Será uma surpresa e tanto, *figlio*. Se ela não se apaixonar dessa vez, pode desistir.

•

Julinho desceu na Cidade do México ao som dos *mariachis* que recepcionavam alguma celebridade chegando no mesmo voo. Na confusão do desembarque, procurou o amigo com os olhos e abriu uma larga risada ao vê-lo parado exibindo um cartazete com o nome: James Bond. Abraçaram-se fraternais, Bernardo brincou que havia contratado o conjunto de música folclórica para receber Julinho, os dois trocaram afetos e deixaram o aeroporto no carro do consulado.

Os pais de Bernardo tinham como um filho a Julinho, considerado por eles um padrão de educação que mesmo quando pequeno nunca deu o menor trabalho, como gostam de dizer os coroas. O jeito dócil e meigo do garoto, um sonso, encantava os adultos que viam nele o menino obediente e bem-comportado. Como o carinho é uma rua de mão dupla, Julinho também adorava os pais do amigo, mais o pai que a mãe lhe parecia um tanto esnobe. O garoto via no diplomata o pai que gostaria de ter, a tal história da galinha do vizinho.

Bernardo e Julinho se queriam como dois irmãos de boa convivência, um caso típico de união dos extremos. Bernardo era um tipo agitado, sanguíneo, decidido, nunca passaria meses num banco a contemplar uma menina. Mesmo na aparência física nada tinham em comum, que Bernardo era bem mais baixo, alourado, corpulento, guardando mais semelhanças com Alberto do que o próprio filho. Os dois se completavam e se aceitavam tão diversos que tanto na amizade como no amor, as pessoas se gostam pelas qualidades e também pelos defeitos.

O único ponto em comum era o interesse pelo sexo oposto. Julinho conta que quando o pai de Bernardo esteve em longa missão na África ele permaneceu no Rio morando com os avós num prédio em Copacabana que oferecia ampla visão dos edifícios vizinhos. Os dois passavam o dia inteiro de binóculos paquerando as mulheres trocando de roupa e chegaram a organizar uma agenda com os horários: 18h15, a lourinha do quinto andar do prédio rosa; às 19 horas, a mulata do sétimo andar do edifício branco; a qualquer hora, a coroa da cobertura do prédio antigo. Mais à frente, quando começaram a assediar as meninas, um deles sempre saía com a amiga da namorada do outro, o que às vezes representava um alto sacrifício em nome da amizade.

Bernardo tinha pronto o plano de férias: uma semana no México com incursões — se Julinho quisesse — a Acapulco ou Huauchinango se apreciasse orquídeas; ou Merida, se tivesse curiosidade pela civilização maia, e uma semana em Nova York, que Bernardo já sabia iria curtir sozinho, enquanto o amigo se manteria no vácuo de Laura.

— Tá legal assim, *muchacho*?

O garoto pensou e respondeu:

— Não dá para ser cinco dias aqui e dez em Nova York?

— Se quiser vamos para Nova York agora!

— Minha cabeça já está lá, cara!

— Sabia que vamos ficar hospedados na casa do pai dela?

— Então ela já sabe que estou a caminho!

— Acha que eu iria estragar a surpresa, *muchacho*?

Bernardo explicou que seu pai e o pai de Laura se falavam com razoável frequência e, em uma das ligações, seu velho pediu ao amigo para dar cobertura ao filho, de viagem para Nova York. O pai da menina fez questão fechada de hospedar Bernardo e o amigo. O nome do amigo não foi cogitado.

— Dez dias na casa de Laura! — o garoto sentiu um frio na barriga. — Será que vai ser uma boa?

•

Bernardo gostava muito de falar e pouco de ouvir, o que ia bem com Julinho, excelente ouvinte, péssimo comunicador. Desta vez, porém, os papéis se invertiam, que Bernardo não tinha muito a dizer. Ainda não se enturmara legal, não descolara uma paquera, seu cotidiano consumia-se nos limites da colônia brasileira, circulando entre adultos e meninos pequenos. O contato mais íntimo com a terra vinha através do curso de Direito Internacional Público que fazia, como ouvinte, na Universidade Autônoma do México, para não ficar em casa coçando o saco. Bernardo concluíra o segundo grau — Julinho perdeu o primeiro ano — e postergava o vestibular sem qualquer dúvida de que seguiria a carreira diplomática, uma tradição na família desde seu bisavô.

Estimulado pelo silêncio do amigo, Julinho falava sem parar sobre a avó, sobre Laura, sobre tudo, nada no entanto impressionou mais Bernardo do que a amizade do garoto com Miquimba. Na cabeça do futuro diplomata, ser amigo de um pivete era algo tão improvável como a vida em outros planetas. Não se espantou ao ouvir Julinho dizer que devolveu o tênis: Bernardo bem conhecia a generosidade e as extravagâncias do amigo. Mas daí em diante tudo lhe soou como um roteiro de pura ficção.

— Você está me dizendo que ele sabe o nome de todas as estrelas?

— Todas é exagero, mas sabe muito mais que nós dois juntos!

— Não é vantagem. Não sei nem apontar o Cruzeiro do Sul.

— Pois ele sabe! Sabe o nome das estrelas, das constelações. É vidrado na Ursa Maior.

— Um menino de rua? — Bernardo não segurava sua incredulidade.

— Por isso mesmo, cara. De tanto dormir olhando para elas acabou conhecendo-as. Ele conversa com as estrelas!

— Conversa com as estrelas?!?

Talvez a característica mais distinta entre os amigos fosse a postura diante do mundo. Bernardo era um realista, pragmático, pé no chão, cuja imaginação não superava a de uma galinha, e chegava a ponto de detestar filmes de ficção científica por considerar tudo irreal, uma grossa mentirada. Ele sabia que tinha um amigo crédulo, idealista, sonhador, e assim tratou de dar um abatimento às histórias, creditando os excessos na conta da fantasia. O garoto contou-lhe de Jorge Degrau, do tráfico de drogas, do encontro secreto do planetário e Bernardo já não conseguia ouvi-lo com seriedade, procurando no rosto do garoto algum sinal de insanidade ou desvario. No momento em que o avião tocou na pista do aeroporto de Nova York, Julinho encerrava o relato, expondo sobre o pai jurado de morte. Bernardo não aguentou, fez um gesto largo com as mãos e, zombeteiro, sublinhou-o com um grito: "*The End*! Tchan, tchan, tchan, tchan!"

No táxi, operou-se uma mudança radical. Depois de cinco dias com a palavra, Julinho mergulhou numa profunda introversão ao se dar conta de que estava a meia hora de Laura. Viajara sete mil quilômetros e naquele instante apenas trinta minutinhos o separavam de seu sonho. O corpo do garoto enrijeceu-se no assento e seu rosto adquiriu a gravidade de quem seguia para uma missão de vida ou morte. Nem adiantava Bernardo provocá-lo — "fala, James Bond!" — que Julinho estava longe, não conseguia parar de pensar em Laura abrindo a porta e dando de cara com ele, mala nas mãos. Uma chuva torrencial de incertezas lhe fez reviver os tempos de angústia da pracinha. As pessoas mudam mais depressa do que as fases da Lua.

Laura, porém, não estava em casa, nem ela, nem o pai, e o garoto suspirou, relaxando, ao constatar que escapara da cena que gotejava na sua imaginação. Bernardo pediu as chaves ao porteiro e recebeu com elas um bilhete de Otávio dando-lhes boas-vindas, informando os números de seus telefones na ONU e deixando-os à vontade "para assaltar a despensa e a geladeira".

O quarto dos hóspedes exibia uma arrumação impecável, um discreto odor de madeira de sândalo, as duas camas cobertas por edredons, uma caixa de bombons sobre a cômoda, o armário vazio abastecido de cabides e a calefação ligada em baixa produzindo uma temperatura que de alguma forma compensava a ausência de calor humano. Julinho entrou, largou a mala no chão e foi abrir o aposento contíguo, de Laura.

O perfume da menina flutuava no ar. O garoto respirou fundo, inebriado, e sentou-se na cama afastando algumas peças de dança, rede, meias, um *leotard*. Em seguida, girou a cabeça, percebendo botas e sapatilhas jogadas a um canto, papéis espalhados sobre a escrivaninha, Laura não parecia um exemplo de organização. O garoto varria os olhos à procura de detalhes sentindo-se um transgressor, mas era impossível resistir àquela invasão de privacidade que lhe açulava todos os sentidos. Caminhou até o cabide arara carregado de roupas, tocou-as com emoção e delicadeza e, remexendo-as, encontrou um sutiã de renda. Apalpou-o, imaginou os seios que guardava, escorregou os dedos pela parte interna e não pôde deixar de sentir um soluço em algum ponto abaixo do umbigo. Excitado, olhou na direção das gavetas, mas antes que pudesse alcançar as calcinhas ouviu a voz de Bernardo.

— Vai ficar hospedado nesse quarto, *muchacho*?

— Era tudo que eu queria, cara — respondeu Julinho estourando a bolha erótica.

Antes de sair do quarto, o garoto parou junto à escrivaninha e entre livros e apostilas encontrou alguns papéis timbrados do Actors Studio, a escola onde Laura cursava seu futuro. Bernardo convidou-o para darem um rolê que, segundo seu pai, Nova York era a melhor cidade do mundo para se bater pernas. Julinho tinha outros planos.

— Vou até o curso dela!

Preferia surpreender a ser surpreendido. Bernardo entregou-lhe um mapa de Manhattan, conferiram o local e, calçando as luvas, se separaram na calçada.

— *Que te vaya bien, muchacho!*

•

O curso ficava na sobreloja de um prédio sem estilo na interseção das avenidas Broadway e Columbus, próximo ao Lincoln Center. Julinho conferiu o endereço e subiu à recepção carregando um nervosismo adicional por ter que se expressar em inglês. Os tímidos desenvolvem uma apreciável capacidade de transformar qualquer besteirinha do tamanho de um inseto num problemão paquidérmico e o garoto não conseguiu juntar duas palavras na frente da recepcionista. Ela o ajudou falando em espanhol — nascera em Porto Rico —, teclou o nome completo de Laura e a telinha do computador informou que ela estava em aula de respiração, a se encerrar em quinze minutos.

— *Si todavia queres esperar...* — e apontou uma poltrona.

O garoto agradeceu, desta vez num inglês perfeito — *thank you* — e retornou à rua. Não se despencara do Brasil, via México, para se deixar flagrar pela menina sentado numa antessala qualquer, como se fosse um corretor de seguros. O reencontro merecia mais, e na calçada procurou a melhor localização para surpreendê-la: atrás de uma carrocinha de churros, estacionada na esquina. Acomodou-se e de repente atravessou-lhe a cabeça a possibilidade de Laura surgir abraçada a um jogador de futebol americano.

Laura desceu sozinha e Julinho teve que olhá-la duas vezes para reconhecê-la escondida sob o gorro, casaco e cachecol. Foi atrás e tocou-a no ombro, pelas costas, levando a menina a um duplo susto: do toque e de quem a tocava. "Não acredito!"

— Nem eu! — acrescentou o garoto fungando de frio.

Os dois sorriram, um riso solto e verdadeiro, envolveram-se num abraço neutro, separados pela grossa camada de lã dos casacos e a menina lançou a pergunta que abre os diálogos nessas ocasiões:

— Tá fazendo o quê, aqui, Julinho???

— Vim terminar o desenho do seu rosto — pilheriou. — Vamos sair daqui, antes que eu vire pinguim?

Laura indicou a direção, deu-lhe o braço e os dois se foram, aproximando os corpos para se protegerem do frio. À pergunta sobre quando havia chegado, o garoto respondeu: "Agora!". À segunda pergunta sobre onde estava hospedado, ele disse apenas que na casa de uma amiga.

— Brasileira?

— É... bem, estou no apartamento da família dela — afirmou, sabendo que não precisaria desmentir mais tarde.

A menina crivava-lhe de perguntas e na sequência natural indagou até quando ele permaneceria na cidade.

— Até conquistar seu coração!

— Fala sério, Julinho!

— É verdade. Vim atrás de você. Não iria aguentar esperar o final das férias. Até lá o mundo poderia acabar.

Laura reagiu entre lisonjeada e desconfiada e aconchegou-se mais ao garoto que batia queixo e não via a hora de encontrar abrigo.

A cafeteria estava cheia e ruidosa, local frequentado pelo pessoal de teatro, disse a menina. O garoto tirou as luvas, esfregou as mãos e conferiu o nariz a verificar se não havia congelado. Ato contínuo, avançou rumo à mesa, sendo contido por Laura: Nova York tem alguns costumes civilizados, há que se aguardar para ser conduzido aos lugares pela recepcionista. Sentaram-se e deram a partida à conversa, embalados pelo ânimo dos reencontros impensáveis.

De cara, com a disposição renovada pelo local aquecido, Julinho rondou o coração de Laura. Ela estava apaixonada sim, pelo curso, pelas aulas de balé que acrescentou à sua rotina e deu a entender que cumpria à risca a decisão de evitar envolvimentos amorosos. Julinho não se deixou abater e foi em frente, historiando algumas passagens de sua paquera na pracinha, que Laura precisava saber que sua paixão vinha de longe. Contou das poses que fazia e que o acaso desfazia, como no dia em que se embrulhou nas páginas do jornal popular; contou da desconfiança com que lhe observavam os seguranças do banco, vendo-o em visitas periódicas à pracinha sem que nada acontecesse; contou das centenas de textos que decorou para abordar a menina e nunca teve coragem de dizê-los.

Julinho caricaturava seu comportamento e a menina se divertia entre envaidecida e perplexa, sem noção da medida da verdade que todas aquelas confidências lhe batiam como um enorme despropósito. De qualquer modo, a taxa de alegria na mesinha dos dois em nada ficava a dever às estrepitosas gargalhadas que cruzavam a cafeteria. Foram horas de arrebatamento recíproco em que

Julinho não poupou o verbo, até o instante em que a menina anunciou um compromisso com o pai.

— Levo você em casa — disse o garoto.

— Não precisa, Julinho. Pego o metrô logo aqui.

— Laura! A única missão que tenho em Nova York é a de convencê-la a me entregar seu coração. Mais nada!

— Onde mora essa sua amiga?

A grande surpresa que preparava para Laura ainda estava por vir e o garoto não podia se descuidar. Na falta de lembrança melhor informou que a amiga também morava, como ela, na Segunda Avenida. A menina começou a dizer-lhe que as avenidas de Manhattan não eram como as do Rio, mas antes que pudesse concluir sua explicação Julinho pegou-a pelo braço e desapareceu com ela pela boca do metrô. Na porta do edifício, Laura iniciou-se nas despedidas.

— É aqui que papai mora!

— Belo prédio! — exclamou o garoto, preocupado com a aparição indesejável de Bernardo.

— Deixa eu te dar meu telefone.

— Vou levar você lá em cima!

— Não precisa, Julinho. Vou me arrumar correndo pra encontrar papai no teatro — disse procurando caneta na bolsa.

— Não senhora! Você me falou que está com dois hóspedes aí! Quero conhecê-los. Sei lá quem são esses caras, dormindo na mesma casa que você!

Julinho representava com um talento invejável e a menina, encharcada de afagos, tratou de tranquilizá-lo pelo que pareceu a ela uma pontinha de ciúmes.

— Conheço Bernardo desde criança!

— Sim, mas e o outro!

— Não tenho ideia. É amigo de Bernardo. Nem sei o nome!

— Então vamos lá que quero ver se não é um baixote de brinco!

Laura abriu a porta, Bernardo saltou da poltrona e os dois se lançaram num abraço de velhos amigos queridos, enquanto Julinho por trás da menina pedia silêncio para o companheiro. Meia dúzia de avaliações — "Você está ótimo!"; — "E você está uma gatona!" — entremeadas com as perguntas de praxe e Laura se apressou em apresentar Bernardo a Julinho. Os dois se cumprimentaram como se nunca se tivessem visto na vida e a menina perguntou a Bernardo:

— Cadê seu amigo?

— Taí.

— Aí onde? — Laura revirou a cabeça.

— Aí atrás: Julinho Calmon!

— É vooccCêêêê???

•

Julinho vivia os dias de Nova York em função de Laura, cortejando-a de seu modo recatado — nem tanto —, mas peremptório, e a menina parecia feliz com a companhia. Aparecia todas as tardes para apanhá-la no curso ou na academia de balé, e de lá seguiam para algum teatro na Broadway, off-Broadway, off-off-Broadway, que Laura pretendia consumir tudo que estivesse em cartaz. Julinho nunca assistiu a tantas peças na vida e logo se viu obrigado a pedir mais dinheiro a Alberto em Paraty para fazer face às despesas inesperadas.

Laura ainda propôs que cada um pagasse a sua, proposta rapidamente recusada por Julinho, ávido por impressioná-la, claro, com o dinheiro que saía do bolso do pai. Por duas noites apenas o garoto manteve os dólares na carteira, espectador de um jogo de tênis entre Laura e Bernardo na quadra coberta de um clube no Queens do qual Otávio era sócio. O pai da menina, por sinal, tornou-se uma figurinha rara depois de substituído por Julinho na romaria teatral da filha: saía do trabalho na ONU direto para os braços da namorada, uma colombiana, funcionária do Conselho de Segurança, e lá dormia, restringindo-se ao telefone para obter notícias de casa, da filha, dos meninos. Estiveram todos juntos apenas uma única vez, em que Otávio e a namorada levaram-nos para passar o sábado em uma estação de esqui próxima à cidade.

Julinho adequava seus passeios aos horários de Laura. Como não a encontrava pela manhã, aproveitava para gastar o tempo circulando com Bernardo pelos pontos turísticos e se enfiando nas incríveis papelarias de Manhattan, Pearl Point à frente, a maior loja de artes gráficas do mundo. Não era raro, porém, o amigo sair para algum museu e Julinho permanecer em casa, valendo-se do isolamento para exercitar seu traço e cheirar as calcinhas de Laura. O garoto podia descrever todas as peças íntimas da menina.

Na noite do nono dia, véspera de sua viagem, Julinho foi com Laura assistir ao show do Radio City no Rockfeller Center. Para depois do espetáculo havia sugerido um jantar de despedida, à luz de vela, como fazem os adultos sofisticados, mas a menina por cansaço ou preocupação com os gastos do acompanhante, preferiu comer em casa. Passaram em uma *deli*, compraram lasanha-verde, *cheese cake, capuccino* e seguiram enroscados para um improvisado piquenique doméstico.

O contato físico deu-se em situação semelhante à do primeiro encontro na papelaria do Jardim Botânico: Julinho aproximou-se do micro-ondas a observar o cozimento da massa e ao se virar bateu de frente com Laura, atrás dele, espiando o forno. No esbarrão a menina se desequilibrou, o garoto segurou-a firme pelos braços e vendo-se face a face com ela, beijou-a na boca, um beijo apressado, quase roubado, gesto instintivo. Largou-a, pronto para se desculpar, mas teve a boca coberta pelos lábios de Laura, desta vez um beijo livre e intenso que o fez engolir as palavras. Julinho voltou a enlaçá-la, os dois se apertaram como a tentar fundir os corpos e uma sucessão de beijos e amassos e carinhos inundou a represa do desejo, até que o garoto jogou a mão sobre o seio de Laura. Ela refugou no ato:

— É melhor a gente parar. O Bernardo pode acordar.

Julinho fingiu não ouvir ou não ouviu mesmo que sua cabeça, tronco e membros ardiam em chamas. Puxou-a para si, tornando a beijá-la, e Laura entregou-se e tornou a recuar.

— Não, Julinho! Papai pode chegar!

— Ele não vai chegar — reagiu contido.

— É melhor irmos dormir. Tenho que acordar cedo.

A menina afastou-se aflita, contornando o balcão da cozinha americana e o garoto apontou-lhe a lasanha:

— Está pronta.

— Perdi a fome. Até amanhã.

Julinho seguiu atrás dela dizendo que dia seguinte não iriam se ver — "Tenho que estar no aeroporto às..." — mas estancou e silenciou ao ouvir bater a porta do quarto. Encostou-se por alguns segundos na parede esperando baixar a febre, deu uma olhada no seu quarto — Bernardo roncava — e retornou ao balcão da cozinha para comer a lasanha, embora fosse outra a sua fome. Encarou a palma da mão que tocara o seio de Laura, procurando recuperar a lembrança tátil daquele instante e uma nova onda de excitação desceu-lhe pelo meio das pernas. Enfiou fundo o garfo na lasanha.

Percebeu suas mãos trêmulas. Perdera a cabeça e ainda não a encontrara, entorpecido por pensamentos eróticos que insistiam em adivinhar a calcinha de Laura. Via-se transfigurado no seu espelho interior, um tarado, um maníaco sexual incapaz de conter as fantasias libidinosas e — o que era pior — sentia-se muito bem assim. Deliciou-se com o *cheese cake* e, ao levar a caneca de café à boca, escutou a voz de Laura:

— Não consigo dormir.

O garoto observou-a parada do outro lado da sala, um olhar dissimulado, os seios soltos sob o robe. Devolveu a caneca ao balcão e se pôs em movimento, suave como um felino para não espantar a presa, mas, antes que pudesse dar o bote, ela girou e retornou à sua toca. Desta vez, no entanto, a porta continuou aberta. Julinho parou à entrada do quarto, percebeu o robe jogado no chão e Laura recuando, debaixo das cobertas, para deixar livre a metade da cama. O garoto desfez-se da roupa num átimo, enfiou-se ao lado dela e sem dizer qualquer palavra fizeram amor.

•

Julinho desembarcou no Rio com Laura nos bolsos, na bagagem, no coração, no pensamento, na ponta do pau e no papel fosco, que ele veio no avião desenhando a nudez de Laura, mais sentida do que vista, na emoção noturna e descontrolada do quarto escuro. O desenho do rosto voltou como fora, incompleto, sem um olho, mas que importava isso depois que ele se apropriara do corpo inteiro?

O garoto não reconstituía com clareza as lembranças da noite que tudo lhe pareceu muito rápido e confuso naquele turbilhão de desejos descomedidos. Recordava-se da menina ajudando-o a encontrar o caminho, entre as cobertas, e depois dizendo-lhe que deveriam ter usado um preservativo. A seu ver, a menina comportara-se na cama com o desembaraço de uma mulher pronta e ele pensava vaidoso que também cumprira sua parte com eficiência, ele que vivia perseguido pelo fantasma da broxada na sua primeira transa. Retornou ao seu quarto com o dia clareando, tangido pela menina que não quis recebê-lo pela segunda vez sem camisinha.

Dia seguinte, Bernardo seguiu para casa de um primo da mãe, em Washington, ignorando o que se passara no quarto ao lado, mas identificando um olhar seguro no amigo que na partida chamou-o de "padrinho". Julinho parou no curso de Laura, a caminho do aeroporto, e ao vê-la experimentou a nítida sensação de que algo mudara entre eles. Olharam-se com uma cumplicidade serena e o garoto percebeu que havia deixado sua adolescência na cama. Beijaram-se num desvão do corredor, ardorosos, e Julinho, sentindo-se promovido a homem feito, disse com toda a convicção do mundo:

— Você é a mulher da minha vida!

Laura passou-lhe a mão no rosto, num gesto adulto e perguntou:

— Você vai me esperar?

— Só até a eternidade!

•

O Rio de Janeiro trouxe Miquimba de volta aos pensamentos do garoto. Seus pais aguardavam indóceis por uma comunicação — Alberto não aguentava mais o *dolce far niente* do campo — e a avó Lili só esperava pela volta dos dois para retornar de Salvador. Ao sintonizar o mulato, Julinho foi tocado por um pressentimento tão lúgubre que mudou o itinerário do táxi e mandou-o seguir direto para o Catumbi. Desceu na entrada da favela e pagou a corrida até sua casa, orientando o motorista para deixar a mala na portaria.

Ao pisar no barraco de dona Dalva, o garoto teve a confirmação do mau presságio: Miquimba arquejava, pálido, de olhos fechados sobre uma cama deslocada para debaixo da janela com o evidente propósito de aproximá-lo das estrelas. Uma vela acesa junto à imagem de São Jorge, uma televisão ligada sem som, uma flâmula antiga do Flamengo, uma foto de um homem negro, emoldurada e colorida artificialmente, detalhes percebidos por Julinho que ao tentar chegar próximo ao amigo foi contido pela mãe.

— Os médicos já desenganaram... ele levou cinco tiros.

— Mas... o que houve? — perguntou baixinho o garoto.

— Sei lá. Punição! Eles discutiram por causa do seu pai. O bando achou que ele tinha feito uma traição.

Julinho contraiu o rosto numa expressão de revolta, os olhos encheram-se de água e ele pensou no significado absurdo da morte do amigo. Dona Dalva tocou-o no braço:

— Vai! Fala lá com ele. Ele só está esperando por você.

O garoto adiantou-se alguns passos, cuidadoso, notando debaixo de uma cadeira de fórmica o velho par de tênis. Ajoelhou-se à cabeceira da cama, junto a uma lata de querosene vazia onde Miquimba escarrava sangue, chegou ao ouvido do mulato e sussurrou:

— Miquimba... Miquimba, meu irmão, sou eu... Julinho... o Magrão! — e esperou.

O rosto do mulato brilhava, banhado de suor. Suas pálpebras tremelicaram, exibindo uma nesga do branco do olho, ele tateou o colchão e repousou sua mão sobre a do garoto.

— Magrão. Acho que não vai dar pra gente ver a Ursa Maior.

— Vai sim, cara. Você vai ficar bom.

Miquimba fez uma careta de dor, mais intensa do que todas que o garoto vira no hospital.

— Aqueles filhos da puta me pegaram de jeito... seu coroa como está?

— Tá legal. Tá esperando por mim...

— Manda ele vir. A polícia liquidou o bando. Acabou. Acabou tudo. Pra eles... e pra mim.

O mulato fazia um esforço incomum para articular as palavras e Julinho começou a chorar sentindo pelo tato da mão fria que Miquimba estava no fim. Procurou elevar o ânimo do amigo cumprindo a promessa de que ele seria o primeiro a saber dos resultados da viagem.

— Eu e Laura estamos firmes.

— Pô, Magrão! Beleza! — a mão do mulato foi relaxando sobre a do garoto, obrigado a se aproximar para ouvir o fio de voz. — Faz um favor pro teu irmão? Bota uma bandeira brasileira dentro do meu caixão.

O garoto brincou com a resposta:

— Cara!! Não sabia que você era tão patriota assim!

— Que patriota, Magrão? Essa porra deste país nunca fez nada por mim. Eu quero é a companhia das estrelas!

A cabeça pendeu para o lado e nada mais se mexeu. Na televisão, o comercial de Laura do tênis Platinum que chegava ao Brasil.

Miquimba morreu na véspera de completar 17 anos.

Bate-papo com

Carlos Eduardo Novaes

A seguir, conheça mais sobre a vida, a obra e as ideias do autor de O imperador da Ursa Maior.

NOME: **Carlos Eduardo de Agostini Novaes**
NASCIMENTO: 13/8/1940
ONDE NASCEU: Rio de Janeiro (RJ)
ONDE MORA: Rio de Janeiro (RJ)
QUE LIVRO MARCOU SUA ADOLESCÊNCIA: as obras da coleção do Sítio do Pica-Pau Amarelo, de Monteiro Lobato.
MOTIVO PARA ESCREVER UM LIVRO: vencer a timidez e botar para fora minhas ideias e fantasias.
MOTIVO PARA LER UM LIVRO: ter o prazer de transformar palavras em imagens.
PARA QUEM DARIA SINAL ABERTO: para os jovens capazes de desligar a televisão e/ou computador para ler um livro.
PARA QUEM FECHARIA O SINAL: para os jovens que trocam o prazer de ler um livro pelas horas diante da televisão e/ou computador.

Ficção com cara de realidade

O carioca Carlos Eduardo Novaes experimentou **várias profissões** até chegar a sua verdadeira vocação. Foi advogado, conservador de museu, funcionário público, pequeno empresário... Quando, finalmente, ingressou no **jornalismo** descobriu a veia humorística que marcaria daí em diante seus textos nos jornais e livros.

E não é que escrever acabou se tornando um **negócio da China** para Novaes? Seus textos já foram utilizados até nas aulas de Português da Universidade de Línguas de Pequim, na China. Mas não é difícil entender por que ele consegue fascinar leitores de um lugar tão distante e diferente do nosso: o humor de suas obras é universal.

A crítica social é outra característica marcante nos mais de trinta livros que fizeram dele um autor de **sucesso** entre jovens e adultos.

Sempre em busca de **novas experiências**, ele escreveu também roteiros para cinema, peças de teatro e novelas para a televisão, além de ter mostrado nas telas e no palco seu talento como ator.

Na entrevista a seguir, Carlos Eduardo Novaes fala de *O imperador da Ursa Maior* — que se diferencia da maior parte de sua obra por não ter a preocupação de perseguir o riso, mas é igualmente forte na denúncia e no **retrato de nossa sociedade**.

Como surgiu Miquimba e sua paixão pelas estrelas?
O Miquimba real é um menino bem mais baixo e mirrado que meu personagem. Eu o vi numa noite deitado junto à parede do Teatro Municipal [do Rio de Janeiro], olhando para o céu, apontando um dedinho e murmurando coisas que a distância não me deixou ouvir. Achei que fazia o maior sentido essa relação dos meninos de rua com as estrelas, já que eles dormem debaixo delas. A imagem dançou durante sete anos em minha cabeça, esperando que eu encontrasse uma história para ela.

O enredo de *O imperador da Ursa Maior* surgiu por inteiro na sua cabeça ou se definiu aos poucos?
A história nunca chega inteira e completa. É sempre uma imagem que surge inesperada como uma aranha que vem e permanece tecendo sua teia — no caso, a trajetória de vida do Miquimba, os outros personagens, os conflitos, a trama principal.

As linhas vão se cruzando, se desenvolvendo, a narrativa vai tomando forma até permitir que eu crie um roteiro. Aí eu me aproprio da teia, despeço a aranha e começo a escrever.

A história tem uma grande riqueza de detalhes. Houve um trabalho prévio de pesquisa?

A pesquisa faz parte dessa teia. Muitas pessoas colaboraram com informações técnicas. Estive no Planetário, no Observatório Nacional, na colônia de pesca da Lagoa, no Teatro Municipal, na Delegacia de Proteção ao Menor e ao Adolescente e entrevistei vários menores de rua. Sem a pesquisa seria impossível escrever o livro, ou, se o escrevesse, ficaria tão pobre quanto o Miquimba.

Até onde vão a ficção e a realidade nessa história?

Em *O imperador da Ursa Maior* a ficção tem a cara da realidade (não há nada no livro que escape à possibilidade do real). Mas, de real, do ponto de vista do autor, somente a sufocante paixão de Julinho por Laura. Aí não foi preciso criar. Nos meus 15 anos, vivi uma paixão semelhante em que havia um banco e o medo de me declarar. Minha história pessoal não teve final feliz, mas me vinguei com Julinho.

Em *O imperador da Ursa Maior* você lida com dois mundos socialmente distintos. Como foi estruturar uma trama na qual era necessário ver os dois lados

A ópera

A avó de Julinho é uma cantora de ópera que fez muito sucesso no passado. A ópera é um tipo de expressão artística que se apropria de elementos do teatro — cenários, figurinos e dramaturgia — mas substitui os diálogos por textos cantados de forma lírica. As óperas são acompanhadas por orquestras ao vivo. Os cantores líricos são divididos pelo tipo de voz, do mais grave ao mais agudo. Entre as mulheres, a divisão é contralto, meio-soprano e soprano — esta última a mais aguda. Já entre os homens a classificação — do grave para o agudo — é baixo, barítono e tenor. As peças mais populares, e ideais para quem quer começar a ouvir, são *O Barbeiro de Sevilha*, de Rossini, *Carmen*, de Bizet, *La Bohéme*, de Puccini, e *Aída* e *Rigoletto*, de Verdi.

da questão, sem tomar partido ou defender bandeiras?

Antes de qualquer coisa, apesar de pretender escrever sobre um menino de rua, tive que deslocar o eixo da história para o universo da classe média, o meu universo, que conheço melhor do que o submundo dos despossuídos. Feito isso, soltei as rédeas da emoção. Coloquei-as acima das políticas, das ideologias, do discurso social e, sobretudo, do paternalismo que nos tenta o tempo todo quando tratamos de deserdados (e menores, ainda por cima!). Depois foi só controlar o impulso de ser piegas ou sentimentaloide.

Entre os muitos personagens interessantes do livro, Lili se destaca. Como surgiu essa mulher tão singular?

Tenho uma lembrança remota de uma tia-avó que também foi cantora lírica e passou boa parte da vida na Europa. Nos meus 10, 11 anos, eu a achava uma pessoa fascinante, diferente de todos os demais parentes, de parte de mãe ou de pai — ela é De Agostini, ramo de mãe. O episódio sobre o desaparecimento do umbigo por causa das plásticas eu ouvi em reuniões de família.

Nessa história você tem algum personagem preferido?

Gosto muito do Miquimba, um personagem difícil de criar pela distância com meu mundo, minhas referências, minha história pessoal e familiar. Creio, porém, que são todos personagens sólidos e bem definidos,

Astronomia para iniciantes

Miquimba observa as estrelas e conhece seus nomes e suas constelações. O que ele faz pode ser chamado de astronomia amadora. Astronomia é a ciência que observa e estuda os astros — origem, evolução, características físicas e químicas, entre outras coisas. Ela é fundamental para a criação de muitas teorias, como a Teoria da Relatividade, de Albert Einstein. A astronomia surgiu em épocas muito antigas, quando os povos observavam o céu como forma de orientação e também para definir coisas como o tempo de colheita; a contagem de dias, meses e anos; a duração das marés e a chegada das chuvas — além de relacionar ao céu muitas histórias de seus mitos e lendas.

embora no caso de Laura, depois de ler o livro editado, tenha sentido necessidade de conhecer mais a seu respeito. Na trajetória de vida dela — que rascunhei, mas não coloquei no livro —, ela teria nascido na Suíça.

Além de falar de conflitos sociais da nossa realidade, o livro mergulha fundo nos embates pessoais e familiares que marcam a vida de Julinho — situação comum a muitos jovens. Como você vê esse personagem?

Um personagem em conflito como deve ser todo adolescente. Julinho é medroso, tímido, inseguro, carente, mas justo, digno, sensível, solidário, de uma integridade comovente. Um personagem a ser estudado. Estarei equivocado ao dizer que não existem muitos "julinhos" hoje em dia por aí?

O imperador da Ursa Maior **tem uma linguagem forte que esbarra em questões delicadas, polêmicas, como violência, abuso de poder,**

A Igreja da Candelária

Miquimba pôde aprender um pouco mais sobre as estrelas no pátio da Igreja da Candelária graças à dedicação de Lurdes — uma professora que distribuía comida, remédios e histórias para as crianças de rua. Localizada na região central da cidade do Rio de Janeiro, a Igreja da Candelária impressiona por sua imponência. Construída no século XVIII, tem planta em cruz latina, revestimento interior em mármore, fachada em cantaria, portas trabalhadas em bronze e, no interior, toda a sua história está pintada em murais. Os degraus que conduzem os fiéis à sua entrada e as calçadas que circundam a igreja costumavam servir de leito para muitos menores de rua. Até que, na madrugada de 23 de julho de 1993, um grupo de homens armados disparou contra crianças e adolescentes que dormiam nas proximidades, assassinando oito menores de rua. Esse episódio brutal chocou o Brasil e ficou conhecido como a "chacina da Candelária".

tráfico de drogas etc. Que tipo de reação você acha que o texto desperta?

O livro é um retrato, ou um pôster — ou talvez um *outdoor* —, de uma época. Toda a matéria-prima foi extraída da vida. Espero — se não for muita pretensão — que ele sacuda o leitor, leve-o à reflexão e contribua para que ele se torne um ser humano melhor. Para isso é fundamental que o livro seja lido sem preconceitos, sem ideias preconcebidas, sem torcer o nariz para o fato de Julinho ter ido ao encontro de seu assaltante.

Na história, Alberto e Vera tentam, cada um de seu modo, ajudar Miquimba, mas não conseguem. Como você vê o problema dos meninos de rua, que, como o texto destaca, já se prolonga por várias gerações?

Perdoem-me, mas a meu ver, somente Julinho tenta efetivamente ajudar Miquimba. Seus pais apenas procuram uma solução que reduza ou elimine o grau de ameaça que o menino representa. É uma visão típica da classe média tradicional, e que se confunde com caridade: dar um empreguinho, colocar num reformatório ou, como queria Vera, mandá-lo para longe.

Como você, autor de muitos títulos de sucesso, vê esse livro em sua bibliografia: ele tem semelhança com os anteriores ou se trata de um projeto novo, diferente de tudo o que você já fez?

O imperador da Ursa Maior marca uma nova época na minha trajetória literária. Um tempo em que me libertei da obrigação de fazer humor — que me persegue desde os anos de cronista, início da década de 1970 — e de manter uma postura ideológica. Montei na emoção e passei com ela, feito um trator, por cima de tudo. Eu joguei neste livro toda a emoção disponível à minha volta e dentro de mim.

Para terminar, algum recado ao leitor jovem que acabou de ler o seu livro?

Um recado especial para o jovem tímido: quando lhe faltar coragem, mande uma carta — não falha nunca! De resto, que o jovem leitor se afaste, como o diabo da cruz, de qualquer tipo de preconceito — enquanto é tempo —, seja social, político, religioso, cultural, seja qual for. Verá como sem eles terá muito mais liberdade.

Obras do autor

PELA EDITORA ÁTICA

Casé, o jacaré que anda em pé (juvenil, 1993)
A cadeira do dentista (juvenil, 1994)
O menino sem imaginação (juvenil, 1995)
Acontece na cidade (juvenil, 2005)
A lágrima do robô (juvenil, 2006)
Crônicas 6 (juvenil, 2006)

PELO SELO SCIPIONE

Histórias de professores e alunos (juvenil, 2004)

Veja outros títulos da série:

Agüenta Firme
Ivan Jaf
Cabeça de garota
Maria José Silveira
Cavalos e obeliscos
Moacyr Scliar
Aleijado
Aventuras de um garotão em luta contra escadas, buracos e outras desconsiderações do mundo
Luiz Antonio Aguiar
sinal aberto

Este amor veio pra ficar
Álvaro Cardoso Gomes
Antes da meia-noite
Menalton Braff
Aqui entre nós
Márcia Leite
Carapintada
Uma viagem pela resistência estudantil
Renato Tapajós
sinal aberto
FORA COLLOR JÁ

O menino sem imaginação
Carlos Eduardo Novaes
O Ogre e o passarinho
Fausto Wolff
O senhor da escuridão
Lourenço Cazarré
Ana Z. aonde vai você?
Marina Colasanti
sinal aberto

Cruzando caminhos
Fanny Abramovich
Do jeito que a gente é
Márcia Leite
A esperança por um fio
Menalton Braff
sinal aberto

Pode me beijar se quiser
Ivan Angelo
O Super Silva
Ivan Jaf
sinal aberto
Quando meu pai saiu de casa
Eduardo Garrafa
sinal aberto

O vencedor
Frei Betto
sinal aberto
Veneno digital
Walcyr Carrasco
sinal aberto
A lágrima do robô
Carlos Eduardo Novaes
sinal aberto
editora ática